大阅读

U0954334

大阅读—教育部语文新课标

N + 1分级阅读丛书

泰戈尔诗选

TAIGEER SHIXUAN

原　著:[印度]泰戈尔

编　著:新课程阅读研发中心

责　编:胡　源

根据最新《义务教育语文课程标准》编写

长江出版传媒 | 湖北教育出版社

序

叶圣陶先生曾经说过："语文教材无非是例子，凭这个例子要使学生能够举一反三，练成阅读和作文的熟练技能。"自"语文新课标"修订以来，不少教师、家长和学生更加重视阅读教学。许多有条件的学校自发地开设了阅读课，利用优秀的儿童文学作品、经典的文学名著和传统的文化资源，向学生推介了大量的优秀图书。教师在阅读教学中，发挥了引导作用，帮助学生"练成阅读和作文的熟练技能"。在这种情况下，湖北教育出版社组织开发了这套"大阅读—教育部语文新课标 N+1 分级阅读丛书"，其意义是重大而深远的。

通过这套书的阅读教育，可以培养学生纯正的文学趣味，促进主流阅读趋势的形成，使学生在知识和技能、过程和方法、情感态度、价值观等多方面有一定的收获。

在中国人眼中，读书一直享有很高的地位。阅读使人远离贫乏、平庸，使人博学、睿智，使历史和时间延续，使优秀品德永远传承。阅读是每个人生活中不可或缺的一部分。

读书，是对心灵的净化和捍卫，特别是身处一个愈加繁华浮躁、快餐文化盛行的年代，我们更需要静心阅读。虽然网络能让我们更便捷地获得知识和信息，但是我们并不能因此而抛弃文本阅读，因为读书能带来身心的愉悦。

首先，经典名著阅读是需要引导的。这套书是一套全新的阅读书系，它采用分级阅读的方法，由优秀教师全程解读指导，以学生喜闻乐见的形式解说名著经典，使学生提升包括阅读理解与表达交流在内的多方面的基本能力，具备良好的人文素养和科学素养。其次，这套书根据不同年级段学生的心理特点、审美特点和阅读习惯，设置各具特色的板块和栏目，充分体现出文字与插图兼美、知识与趣味并重的特征。作为一套中小学生课外阅读读物，这套书通过其优点与特色,充分地体现了编者对当下学生阅读的重视与了解。

布衣暖，菜根香，还是读书滋味长。作为一套从小学到高中非常齐全的课外阅读点评书系，这套书共计一百六十余本，分世界文学名著类、中国传统文化类、中国现代文学类、中国红色经典类、国学类、科普益智类等六大类，可谓古今中外，皆浓缩于尺牍；千山万水，尽了然于卷帙。

阅读这套课外读物，犹如享受美酒佳酿，回味无穷。于其中，我们可穿梭时空，遨游天下，领略极致风景，沐浴智者思想的惠泽；可“问渠那得清如许，为有源头活水来”，皓月执卷，尽抒豪情。那种流淌情感，洋溢智慧的生命是我们最乐于向往的。虽然我们无法丈量生命的长度，但可以拓展生命的宽度，而一本让人受益的好书，无疑是一次生命的拓展……

这套书的编选，得到了一线名师的全程指导，每本书都采用分级阅读的方法，层层深入，扫清阅读障碍，培养学生自主学习的能力，是一套属于学生自己的经典名著阅读点评书系。

金波

阅读准备

作品抢先看

《泰戈尔诗选》收录了《吉檀迦利》《新月集》《园丁集》《飞鸟集》《采果集》这五篇诗选的精华。泰戈尔用自己的哲学以及宗教信仰给世人带来了许多的智慧与启迪。翻开这本选集，犹如在翻阅一张张美丽的画卷，诗句意蕴丰富、流畅动人，使人在阅读后有一股荡漾心弦的美感。《泰戈尔诗选》中蕴含着对生命、自由、信仰、神灵、童贞、爱情的高度讴歌与赞扬，同时也有着对丑与恶、罪与罚的深恶痛绝。

内容简介

《采果集》阐述了泰戈尔的世界观、人生观、进化论、宗教观点、哲学思想和艺术观，表达了他的志向抱负，抒发了他的喜怒哀乐，体现了他对贫苦大众的深切同情以及对印度妇女解放的期待。

《飞鸟集》中的篇章虽然短小、零碎，却蕴含着深奥的人生哲理与智慧。诗人以抒情的彩笔，写下了他对自然、宇宙和人生的哲理思索，从而给人们以多方面的人生启示。

《新月集》以儿童的视角，再现了童年时光的美好。它那特殊的隽永的艺术魅力，勾起了我们对童年的美好回忆。

《园丁集》是泰戈尔重要的代表作之一，诗歌中处处体现着青春时期的他饱受爱情的烦忧，对昔日情感的追忆。

《吉檀迦利》是一部宗教抒情诗，用清新、自然的笔调，为神灵书写了一部动人的“生命之歌”。

作者档案

罗宾德拉纳特·泰戈尔（1861—1941），印度著名诗人、文学家、作家、艺术家、社会活动家、哲学家和印度民族主义者，生于加尔各答市一个有深厚文化教养的贵族家庭。泰戈尔于1913年获得诺贝尔文学奖，1878年赴英国留学，1880年回国专门从事文学活动。泰戈尔是一位伟大的爱国主义者，他深切地同情受苦受难的印度人民，还亲自建立学校，进行民族教育。在他的诸多作品中都显示着对劳苦大众深深的同情。

写作背景

在泰戈尔的诗中含有对宗教和哲学的独到见解，对泰戈尔来说，他的诗是奉献给神的礼物。在泰戈尔创作诗集期间，印度人民正处在帝国主义和封建制度的双重压迫下。所以，泰戈尔的诗集充满着对人民深深的同情，以及对自由、民主的渴望。泰戈尔的诗，从不同的角度以及人生阶段向世人展示了他对宗教、爱情、国家、人民、政治的深刻理解。

艺术特色

泰戈尔用自己的智慧与哲学思想启迪了人们的精神世界。他笔锋犀利，具有强烈的现实主义批判色彩，他的作品时而显示出人性中柔美的光辉，时而展露出慷慨激昂的爱国主义情怀；有着对弱势群体的深切同情，也有对掌权分子的激烈批判。泰戈尔的每一首诗都饱含着强烈的情感，燃放着炽烈的精神火花，处处绽放着对新生的希望并显露出战胜黑暗的决心。

读法指导

了解作者的写作背景，把握不同诗集的创作意图以及思想感情，从而更好地领悟出作者所要表达的哲理。同时，读者可以通过“名师点拨”“名师带你读”等辅助资料更完整、更真实地体会诗集中所流露出的真情实感。

目录

CONTENTS

采果集

一

如果你吩咐，我就把我的果实采满一筐又一筐，送到你的庭院，尽管有的已经掉落，有的还未成熟。

因为这个季节已丰富得不堪重负，而浓荫下不时传来牧童哀怨的笛声。

如果你吩咐，我就去河上扬帆启程。

三月的风躁动不安，把倦怠的波浪搅得满腹怨言。

果园已经献出了它的一切，在这令人疲乏的黄昏时分,从你岸边的屋里传来你在夕阳中的呼唤。

名师批注

作者用极为含蓄的写作手法将怨声载道、身处于水深火热之中的人民大众，用寥寥数笔向读者娓娓道来。细腻的情感表达、丰富的内心世界，让读者领会到一颗欲拯救危难中人们的热忱之心。作者所说的果实实质上是自己刚刚获得的诺贝尔文学奖。泰戈尔在文学世界里已经硕果累累,而这也是《采果集》的由来。

二

我年轻时的生命犹如一朵鲜花，当和煦的春风来到她门口乞求之时，她从盛开的花瓣中慷慨地解下一片两片，从未感觉到这是损失。

现在青春已逝，我的生命犹如一颗果实，已经无物分让，只等着彻底地奉献自己，连同沉甸甸的甜蜜。

……

三

我醒来，发现他的信与黎明一道降临。

我不知道信中写了什么，因为我无法看懂。

我不想打扰正在读书的圣人，何必麻烦他，谁知道他能否看懂信中的内容。

让我将信举到我的额头，贴在我的心口。

当夜阑人静、繁星闪现，我要把信摊在膝上，默然等候。

沙沙的树叶将为我把它朗读；潺潺的溪水将为我把它颂扬；智慧七星也将从天空为我把它歌唱。

我无法找到我寻求的一切，我也无法理解我所知的全部；但这封未读的信却减缓了我的重负，把我的思绪化为歌曲。

四

当我不理解你信号的内涵时，一撮尘土也能把它遮掩。

如今我已比以往聪明，我悟出了它以前掩藏的全部寓意。

它绘在鲜花的花瓣上；海沫使它闪烁；群山

将它捧上峰巅。

我曾转过脸去，把你避开，因而曲解了你的信件，不知其中的含义。

五

在铺设道路的地方，我迷失了道路。

在浩渺的海面，在湛蓝的天空，没有道路的痕迹。

路被遮掩了，被飞鸟的羽翼、灿烂的星光、四季更替的繁花遮掩了。

我询问自己的心，是不是它的血液里自有智慧，能找到那看不见的道路。

名师批注

迷失了前进道路，表达了作者深深的迷惘与惆怅。他多么希望能找准切入口，从而完成自己的夙愿啊！

六

唉，我不能留在这间屋里，这个家已经不再是我的家了，因为永恒的异乡人沿着道路走来，对我发出声声呼唤。

他的脚步声敲击着我的胸膛，使我痛苦不堪。

风大起来了，海在呻吟。我抛开一切烦恼和疑虑，去追逐那无家可归的海浪，因为异乡人沿着道路走来，对我发出声声呼唤。

名师批注

作者身处的环境正是国难当头时，在他的内心深处是无比痛恨法西斯主义和殖民主义的。作者对永恒异乡人的排斥与痛恨，正是来自于自己深切的爱国之情。

七

准备动身吧，我的心！让那些必须停留的人徘徊不前吧。

因为在清晨的天空中，已经在呼唤你的名字。

不用等待了！

蓓蕾企盼的是夜晚和露珠，但盛开的花朵渴望阳光中的自由。

冲破你的皮囊，我的心啊，动身前进吧！

八

每当我徘徊于贮藏的财富之中时，我就觉得自己像一条蛀虫，在黑暗中啃噬着它所滋生的果实。

我抛开这座腐朽的牢狱。

我不愿老是附在腐烂的静止之中，我要去寻找永驻的青春；一切与我生命无关的、所有不似我笑声轻盈的，我都要完全地抛却。

我奔驰着穿越时间，而你，哦，我的心啊，在你的战车里，行吟诗人且歌且舞。

九

你牵着我的手，把我拉到你的身边，让我当着众人的面坐在高高的座位上，直至我变得羞怯、不敢动弹、不能随意行动。

我每走一步都会顾虑重重，唯恐踩到众人冷漠的荆棘。

我终于自由了！

打击已经来临，凌辱之鼓已经敲响，我连同座位摔倒在尘土之中。

名师批注

获得自由后的快感洋溢在短短数语之间。那种整装待发、蓄势欲冲的力量在笔尖爆发，更在心头荡漾。为了获得新生、为了广大人民的解放，爱国情怀与民族情结正壮大着这颗赤子之心。

十

我的道路在我面前展开。

我的双翼充满着对天空的渴望。

我要去加入子夜的流星，一头冲进深邃的阴影。

我像一块浮云，被夏天的暴风骤雨所驱赶，抛下金色的王冠，宛如一把利剑似的把霹雳挂在闪电的链环上。

在绝望的欢乐中，我在卑贱者行走的尘埃飞扬的小路上奔跑，朝着你最后的欢迎逼近。

当婴孩离开母体时，他便发现了母亲。

当我离开你，被撵出你的家门时，我便自由自在地看到你的面容。

一一

它装饰我只是为了嘲笑我，我的这串珠宝项链。

它戴在我的颈上，弄得皮肉疼痛，每当我挣扎着要把它扯下，它却把我紧紧地勒住。

它卡住了我的喉咙，阻塞了我的歌声。

我的主啊，倘若我能够把它呈献到你的手上，我就会得救。

把它从我这儿拿走吧，换给我一束花环，把我系在你的身边，因为佩戴这种宝石项链站在你的面前，我感到无地自容。

一二

清澈的亚穆纳河在山下的远方湍急地奔腾，高高矗立的河堤在河上皱眉蹙额。

群山林木森森，飞湍奔泻的激流，随处可见。

锡克教大师戈文达坐在岩石上，读着经文，这时，以富贵自傲的门徒拉古纳特走了过来，向他鞠躬施礼，说："我为您带来了一份薄礼，不成敬意，恳请赏脸。"

> 知识链接 锡克教：它是15世纪产生于印度的神教，尊崇十位上师并以上师们传授的《阿底格兰特》为经典。《阿底格兰特》象征第11位上师，以公平正义、扶贫济弱和宗教自由为基本教义。

说罢，他拿出一对镶着宝石的金手镯，递到大师面前。大师拿起一只，套到手指上快速旋转，宝石放射出一道道霞光。

突然间，这只手镯从他手中滑落，滚下堤岸，掉进水中。

"啊！"拉古纳特失声尖叫，跳进河水。

大师聚精会神地重念经文，河水藏住所获之物，又朝远处奔腾而去。

暮色茫茫，浑身湿淋淋的拉古纳特回到大师身边，已是筋疲力尽。

他气喘吁吁地说："如果您告诉我手镯落在哪里，我还是能把它找回来的。"

大师拿起所存的一只手镯，挥手扔进水里，说："就落在那里。"

一三

采取行动是为了时刻与你相遇。

我的旅伴！

歌声是为你的步履落地而唱。

那被你的呼吸所触动的人，不会借助堤岸的庇护而随波逐流。

他会不顾一切地迎风扬帆，在汹涌澎湃的海上航行。

敞开门扉、迈开步伐的人，受到你的欢迎。

他不会停下来计较所得，或哀叹所失；他的心擂响了前进的鼓声，因为这是与你并步出征。

我的旅伴！

一四

在这个世界上，我应得的最好的部分将来自于你的手中——这就是你的诺言。

因此，你的光辉闪烁在我的泪花之中。

我害怕别人为我引路，唯恐错过了你，因为你等在路角，打算做我的向导。

我任性地走自己的路，直至我的愚行把你引到我的门口。

因为你曾向我许诺，在这个世界上，我应得的最好的部分将来自于你的手中。

一五

我的主啊，你的话语简洁明晰，可他们那些谈论你的话语却不是这样。

我理解你群星的声音，我领悟你树木的沉寂。

我知道我的心灵将会像鲜花一般绽放；我明白我的生命已在潜泉得到了充实。

你的歌声如同冷寂雪原的鸟儿，正盼着在温暖的四月里飞到我的心头筑巢，而我痴情地等待这一欢乐季节的来临。

名师批注

作者与神的对话，阐述了自己对生命的领悟，对已经获得如此美妙果实的知足之感。

一六

他们熟悉那条道路，沿着狭窄的小巷去寻找你，但我徘徊在外面的黑夜里，因为我愚昧无知。

我没有受过足够的教育，因而在黑暗中没有产生对你的惧怕，所以我不知不觉地踏上了你的门阶。

圣贤对我叱责，要我离开，因为我不是顺小巷而来的。

我疑虑重重地掉头走开，可你紧紧地拉住我，于是他们的责骂与日俱增。

一七

我从我的屋里取出泥灯，大声叫道：“哦，孩子们！我照亮你们的路。”

当我返回，把道路撇在寂静之中时，夜色依旧漆黑，我不禁又叫道：“哦，火焰，点燃我吧，我破裂的泥灯偃卧在尘埃里了。”

一八

不，不该由你来揭开花蕾，使它绽放花朵。

你摇晃花蕾，拍打花蕾；可你无力使它开放。

你的触摸玷污了它，你撕碎了花瓣，抛撒于尘埃。

但没有出现绚丽的色彩，也没有散发馥郁的芬芳。

啊！不该由你来揭开花蕾，使它绽放花朵。

能揭开花蕾的人，做起来轻而易举。

他瞥上一眼，生命之液便颤动在叶脉之间。

他吹一口气，花朵便展开羽翼，在风中飘摇。

色彩泛溢，像心灵的热望，芬芳泄露出一个甜美的秘密。

能揭开花蕾的人，做起来轻而易举。

名师批注

作者用深刻的寓意点明了生命的意义——只有不断被摧残、被打压的生命才是最绚丽、最夺目的人生。只有这样，生命才显示出它夺目的光彩。

一九

经过酷冬的蹂躏，池中只剩下最后一朵莲花，花匠苏达斯精心采下，来到皇宫门前向国王出售。

这时，他遇上的一个行人对他说："请问这最后一朵莲花值多少钱？我想把它买下献给佛陀。"

苏达斯说："如果你肯付一枚金币，就卖给你。"

行人付钱买花。

恰在这时，国王走了出来，很希望买下这朵莲花，因为他正要出门朝拜佛陀。他心想："若是把这朵在寒冬开放的莲花摆在佛陀的脚下，那将是一件美妙的事情。"

当花匠说他已经收下一枚金币时，国王说他愿出十枚，但行人又愿出双倍的价钱。

花匠很贪婪，心想，既然他们为了佛陀如此哄抬物价，那么一定能从佛陀那儿得到更大的好处。于是他鞠躬说："这朵莲花我不卖了。"

在郊外芒果园的浓荫深处，苏达斯站在佛陀的面前。佛陀的唇上弥漫着无声的爱，眼中放射出宁静的光，宛若洁净如洗的秋空，挂着一颗晨星。

苏达斯凝望着他的脸，把莲花放到他的脚边，叩首尘埃。

佛陀笑容可掬地问道："我的孩子，你的愿望是什么？”

苏达斯叫道：“只想碰一下你的脚。”

二十

啊，黑夜，让我做你的诗人吧，蒙上面纱的黑夜！

有些人已经在你的阴影中默默无言地坐了好久好久，让我说出他们的心声。

把我带上你的无轮战车，无声无息地从一个世界驶向另一个世界，你是深居时间宫殿里的皇后，你这黝黑的美人！

许多疑虑的心灵隐秘地进入你的庭院，在你没有灯光的屋中漫游，寻求答案。

多少颗心被那未知射出的喜悦之箭穿透，迸发出欢乐的赞歌，震撼着黑暗的根基。

那些不眠的灵魂，在星光中凝视他们突然发现的珍宝。

让我做他们的诗人吧，哦，黑夜，吟咏你的深不可测的静谧。

二一

尽管岁月用懒散的尘埃扰乱我的道路，但我终有一天会遇见在我内心的生命，会遇见那藏在我生命中的欢乐。

我已隐隐约约地认识了它，它忽有忽无的呼吸吹到我的身上，使我的思绪一时充满馨香。

终有一天，我会遇见在我身外的喜悦，它滞留在光明的帷幕后面，而我将站在漫溢的孤独中，那儿，一切事物都被造物主看在眼里。

………

名师批注

“生命”在作者的眼里，被赋予了无限的光辉。作者期待着生命的大放异彩，哪怕在这些过程中会遭遇岁月的洗涤、不为世人所懂的孤寂。但是，在生命真正开启之前，这些痛苦的煎熬又算得了什么呢？

二二

承负过多的阳光，这秋天的早晨累了，如果你的歌曲时断时续，无精打采，那就把你的笛子让我用一会儿吧。

现在，这管笛子，时而搁在我的膝盖上，时而我用嘴唇吻它，时而我放在我身边的绿草上，一有兴致，我就吹奏。

但在寂静肃穆的黄昏，我采集鲜花，用花串装饰它，让笛管里充满花香，我点燃灯烛，对它礼拜。

深夜，我去你那儿，把笛子还给你。

当孤独的新月在繁星间漫步，你将吹响子夜之曲。

二三

诗人的心灵在生命之波上飘浮、跳舞，周围回响着风声水声，此刻夕阳已冉冉坠落，黑暗的天空趴在海面上，好似垂下的眼睫毛遮住了疲倦的眼珠。

此刻是取走他那支彩笔的时候了，让他的思绪深深地沉入那宁静永恒的奥秘之中。

二四

墨墨黑夜，你在我生命的沉默中酣睡。

醒来吧，爱情的痛苦，我不知道怎样把门打开，只好站在门外。

时光在等待，星辰在观看，风已平息，我心中的静寂如此沉重。

苏醒吧，爱情，苏醒吧！斟满我的空杯，用轻轻的歌声触动平静的黑夜。

名师批注

诗人在歌唱令人痛苦不堪又挥之不去的情感。尽管岁月过去了很久，这种萦绕心头的痛苦却久久不能平息。

二五

清晨的鸟儿欢唱不息。

当黎明犹未破晓，凄凉的黑夜仍用寒冷、黝黑的手臂紧搂天空，鸟儿从何弄来清晨的歌词呢？

告诉我，晨鸟，东方的使者是怎样透过天空和树叶双重覆盖的黑夜，发现了通往你梦中的道路？

当你叫嚷“太阳升起，黑夜消逝”之时，世界并不相信你说的话。

啊，沉睡者，快快醒来吧！

露出你的前额，等待第一道阳光的赐福，带着幸福的虔诚，同晨鸟一起欢唱。

二六

我心中的乞丐举起瘦弱的双手，伸向没有星光的天空，对着黑夜的耳朵喊出饥饿的声音。

他向盲眼的黑暗祈求，后者如同堕落的神躺在孤寂的失去希望的天国。

祈求的叫喊在失望的深渊回荡，哀鸣的鸟儿盘旋在空荡荡的巢穴。

但是，当清晨在东方的边缘抛锚停泊时，我心中的乞丐便一跃而起，大声叫喊：

“幸亏耳聋的黑夜拒绝了我——它已是囊中空空了。”

他叫嚷：“啊，生命，啊，时光，你是弥足珍贵的！但难能可贵的还有最终让我与你相识的欢乐！”

二七

名师批注

作者用故事阐明了高尚的价值观。真正的富有不是你拥有多少财富，而是在你的身上有多少弥足珍贵的高尚情操以及强大的内心。

恒河边上，萨纳丹数着念珠祷告。这时，一个衣衫褴褛的婆罗门教徒走到他的身边，说：“帮帮我吧，我这么贫穷！”

“我的施舍之碗是我的全部财产。”萨纳丹说，“我已经施光我所拥有的一切。”

“但我的主人湿婆托梦给我，”婆罗门教徒说，“建议我来找你。”

萨纳丹突然回想起他曾拾到过一块无价的宝石，是在河岸的卵石中拾到的，他想，也许有人需要它，因而就把它埋藏在沙土中了。

他把藏匿宝石的地点告诉给了婆罗门教徒，后者惊异地挖出了宝石。

婆罗门教徒坐在地上，独自沉思，直到太阳从树梢落了下去，牧童赶着羊群返回家园。

这时，他站起身来，慢悠悠地走到萨纳丹跟前，说："大师，有一种财富足以笑傲世上的一切财富，请施给我哪怕一点儿那样的财富吧。"

说完，他把珍贵的宝石扔进了河里。

二八

我一次又一次地来到你的门边，举起双手，乞求更多、更多。

你一遍又一遍地给予，有时分量很轻，有时慷慨大方。

我接过一些，又让一些掉落。有些沉甸甸地放在我的手上；有些被我变成玩物，每当我玩腻了的时候，我便将它们损坏；直至残骸和贮藏的赠品堆积如山，把你遮掩，永无间断的期望耗损了我的心灵。

拿去吧，啊，拿去吧——现已成为我的呼喊。

砸碎这个乞讨碗里的一切：吹灭这盏缠扰不休的守夜人的灯火；牵住我的双手，把我从这堆仍在日积月累的你的礼物中拉出来，提升到你所在的空阔而赤裸的无限之中。

二九

你把我排在失败者之列。

我知道我赢不了，也不能离开这场比赛。

我将一头扎进池中，哪怕沉到池底。

我要参与这场使我失败的比赛。

我将赌上我全部所有，当我输完最后一分钱的时候，我就把我自己作为赌注，然后我想，我将从我彻底的失败中赢得这场比赛。

名师批注

身处“战斗”中，就算是失败者也没有关系，只要一战到底，付出自己宝贵的生命也在所不惜。因为胜利永远属于坚持到底的人。

三十

你给我的心灵穿上破烂不堪的衣裳，打发她去沿街乞讨，这时，天空却绽放出欢笑。

她挨家挨户地乞讨，有好几次，当她的碗内快要盛满时，她又被抢劫一空。

疲惫的一天快到尽头时，她手拿可怜的乞讨碗，来到你的宫殿门口，你走上前去，牵起她的手，让她坐在你身边的宝座上。

三一

“你们中间有谁愿意行善赈济饥民？”当什拉瓦斯蒂地区饥荒猖獗的时候，佛陀向门徒们问道。

珠宝商拉特纳卡耷拉着脑袋说：“我的财富实在太少，岂能救济那些饥肠辘辘的人们？”

皇家部队首领贾伊森说：“为了灾民，我即使献出全部鲜血，也在所不惜，可是连我自家的食物都不够啊。”

拥有大量土地的达马帕尔叹息道：“干旱像恶魔一般吸干了我的田地。我还不知道怎样交纳国王的税款呢。”

这时，托钵僧的女儿苏普利雅站了起来。

她向大家鞠躬施礼，谦卑地说：“我愿救济饥民。”

“什么？”大家惊奇地呼叫，“你怎能履行这样的重任？”

“我是你们中间最贫穷的一个，”苏普利雅说，“这就是我的力量。在你们每位的家中都有我的财源和贮存的物品。”

名师批注

人民大众已经处于水深火热之中，商人、地主、政界名流表现出来的自私与冷漠让人不寒而栗。然而，更雪上加霜的是竟然还要缴纳赋税，置国之民众于不顾。你看这是多么具有嘲讽意义的事情啊！托钵僧女儿的一番话语使世人顿悟：穷人虽然没有钱财这些身外物，却有最高尚的精神支柱和信仰。

三二

我的国王不认得我，所以当他要求进贡时，我居然想躲起来，不想偿还债务。

我逃避白昼的工作，躲开夜晚的梦幻。

但是他的要求时刻都在追逐我。

于是我开始明白原来我的国王认得我，我无处可躲。

现在我希望把我的一切奉献到他的脚前，在他的王国赢得我的立足之地。

三三

我想要给你塑造一个从我生命中构想的形象，来供世人崇拜，这时，我带来了我的尘土和愿望，以及我五彩缤纷的梦境和幻想。

我请求你用我的生命塑造一个你心中构想的形象，来供你爱恋，这时，你带来了你的火与力，还有真理、可爱和宁静。

三四

名师批注

作者用充满嘲讽的意味抨击了国王不顾人民疾苦、只图自己享乐的恶劣行径；对信奉上帝、饱含高尚信仰的人民进行了赞颂。

“陛下，”仆人向国王通报说，“圣徒纳罗丹不愿屈尊到您的皇家神殿。他正在大路旁边的树下唱着圣歌。神殿里没有做礼拜的人了。人们聚集在他的身边，像一群蜜蜂围着一朵洁白的荷花，而对盛蜜的金坛不屑一顾。”

国王心中恼怒地来到坐在草地上的纳罗丹身边。

他厉声问道：“大师，你为何离开我那黄金镶顶的神殿，而坐在门外的尘埃中赞颂上帝的仁爱？”

“因为上帝并不住在您那儿的神殿。”纳罗丹答道。

国王皱起眉头说：“你应该知道，为了建造那座艺术上的奇迹，我花费了两千万金子，而且举行了豪华的礼仪，把它奉献给了上帝。”

“是的，这我知道。”纳罗丹答道，“正是在那一年，成千上万的黎民百姓无家可归，徒然地站在您的门前，乞求帮助。

“那时上帝说：‘这位可怜的国王，无法给自己的同胞解决避难之处，却能为我建造殿堂！’

“所以他来到路边的树下，与无家可归的人们生活在一起。

“那神殿成了一个黄金气泡，除了高傲的热气，一无所有。”

国王愤怒地吼道：“离开我的国土！”

圣徒平心静气地说：“是的，在你已经驱逐了上帝的地方，也请把我驱逐。”

三五

名师批注

面对黑暗、面对打击、面对生活的无情抛弃，唯一能做的便是燃烧心中的火把，振奋内心的力量，一步步地向前迈进。

号角掉进尘埃。

风已倦怠，光已熄灭。

啊，不祥的一天！

来吧，战士们，扛起你们的旗帜，歌手们，唱起你们的战歌！

来吧，朝圣者们，沿着征途快步行进！

掉进尘埃的号角在等待着我们。

我带着晚祷的祭品，正走在通往神殿的路上，在饱尝一天的折磨之后，去寻找一个歇息的地方；希望我的创伤能被治愈，身上的污斑能被洗净，这时，我发现你的号角掉落在尘埃里。

难道还不是为我点亮夜灯的时刻吗？

黑夜还没有向星星唱过摇篮曲吗？

啊，你呀，血红的玫瑰，我睡眠之花已经褪色并且凋谢！

我确信我的漂泊流离的生活已经结束，我的债务已全部偿还，这时我突然发现你的号角掉落在尘埃里。

用你青春的咒符敲击我没有生气的心吧！

让我生命中的喜悦在火焰中熊熊燃烧吧。

让觉醒的利箭刺透黑夜的心脏，让一阵恐怖的震颤摇落那昏聩和无能。

我已从尘埃中捡起你的号角。

我不再沉睡——我将步行穿越阵雨般密集的利箭。

有些人将跑出房屋，来到我的身边，有些人将会哭泣。

有些人将在床上辗转反侧，在可怕的梦魇中发出呻吟。

因为今晚你的号角将被吹响。

我向你恳求宁静，却寻来了羞耻。

现在我站在你的面前——帮我穿上我的盔甲！

让烦恼的沉重打击把火焰射进我的生命。

让我的心在痛苦中敲击你胜利的战鼓。

我的双手将一无所有，为了拿起你的号角。

三六

哦，美丽的神啊，当他们欣喜若狂地扬起尘

名师批注

作者用利箭一样的笔触直指肮脏、丑陋的灵魂。用铿锵有力的字句抨击着邪恶与黑暗，满心呼喊着对正义和公平的诉求。

埃、玷污你长袍的时候，我也感到痛心疾首。

我向你呼喊："拿起你的惩罚之棒，审判他们。"

晨光照着他们通宵狂欢而熬红的眼睛，在洁白百合花盛开的地方迎接他们燃烧的呼吸；星辰透过神圣的深邃的黑暗，凝望他们痛饮，凝望那些扬起尘埃玷污你长袍的人们，哦，美丽的神啊！

你的审判席设在花园里，在春鸟的鸣啭里，在绿树成荫的河岸，那儿树林的悄声细语与汩汩的波浪声相应答。

哦，我的爱侣，他们在情欲中没有怜悯之心。

他们在黑暗中潜行，攫取你的珠宝饰物来满足自己的欲望。

当他们打击你、伤害你的时候，他们也刺中我的痛处，我对你呼喊："拿出你的利剑，哦，我的爱侣，好好惩治他们。"

可是，你却有一颗警惕着的正义之心。

母亲的眼泪为他们的蛮横无理而掉落；情侣间不朽的忠贞把他们的背叛之剑藏进了自己的伤口。

你的审判在那无眠之夜的沉默痛苦中，在那贞洁的羞赧中，在那凄凉的夜的泪珠中，在仁慈的苍白的晨曦中。

哦，令人敬畏的神啊，他们在肆无忌惮的贪婪中于深夜溜到你的门口，窜进宝库对你进行抢劫。

但是他们劫掠的赃物越来越重，重得使他们无法扛走，无法挪动。

因此我对你大声喊叫：“宽恕他们吧，哦，令人敬畏的神啊！”

你的宽恕在雷雨中爆发，把他们打倒在地，把他们的赃物散落在尘土。

你的宽恕在那陨落的雷石中，在那阵雨般洒下的鲜血中，在那夕阳愠怒的残照中。

三七

佛陀的门徒乌帕古普塔躺在马图拉城墙边的尘土上，酣然入睡了。

灯火全部熄灭，门户全都关闭，星辰全都躲进了八月阴沉的天空。

那脚镯叮当，突然碰到他胸脯的是谁的双脚?

他蓦然惊醒，一个女人手中的灯光射到了他仁慈的眼睛上。

这是一位舞女，珠光宝气，披着淡蓝的斗篷，沉醉于美酒般的青春之中。

她把灯火凑近，看到了一张端庄英俊而年轻的脸庞。

“请原谅，苦行者，”女人说道，“请您光顾寒舍。这尘埃飞扬的地面不是你合适的温床。”

知识链接 马图拉：印度北方西南部城市，在亚穆纳河西岸，亚格拉西北65公里。它是伊斯兰教的圣地。

苦行僧答道："女人，走你的路吧；一旦时机成熟，我会去找你的。"

突然，黑夜露出了锃锃发亮的牙齿。

雷电在天空轰鸣，女人吓得瑟瑟发抖。

……

路边树木的枝丫经历着花儿绽放时的阵痛。

在春天和煦的空气中，欢快的笛声从远处飘来。

平民百姓已经进入树林，参加花节。

一轮圆月从半空中注目凝望寂静城镇的阴影。

年轻的苦行僧走在孤寂无人的街道，头顶上，害相思病的杜鹃歇在芒果树梢，倾诉着夜不成眠的哀怨。

乌帕古普塔经过一道道城门，伫立在护城堤下。

城墙的阴影中，躺着一个染上了鼠疫的女人，遍体斑痕，被匆匆赶出城外。这个女人是谁呢？

苦行僧在她身边坐下，把她的头放在自己的膝上，用水润湿着她的嘴唇，用香膏敷着她的全身。

"大慈大悲的人啊，你是谁呀？"女人问道。

"看望你的时机终于来临，于是我就来了。"年轻的苦行僧答道。

三八

这只是我们之间爱情的嬉戏，我的恋人。

一遍又一遍，呼啸的暴风雨之夜向我猛扑过来，吹灭了我的灯；黑色的怀疑聚集起来，从我的天空扼杀全部的星辰。

一遍又一遍，河堤倒坍，任凭洪水冲毁我的庄稼，悲痛和绝望把我的天空撕得百孔千疮。

如今我已领悟：在你的爱情里自有痛苦的打击，但决没有死亡的冷寂。

名师批注

作者阐述了面临情感折磨的心境——细腻、哀婉、充满着绝望与痛苦。但是，即使爱情令人无比痛苦，也不能因此而放弃生命。这是作者领悟出来的对爱情的态度。

三九

墙壁崩溃，光明像神圣的笑声，闯了进来。

胜利，啊，光明！

黑夜的心脏已被撕碎！

用你寒光闪闪的利剑把缠绕的怀疑和虚弱的愿望斩成两段。

胜利！

来吧，你这毫不宽容的光明！

来吧，你这洁白无瑕使人凛然不可侵犯。

啊，光明，你的鼓声敲响在火的行进中，红

色火炬已高高举起；在光芒闪射之下，死亡的气息骤然消逝。

四十

哦，火焰，我的兄弟，我向你歌颂胜利。

你是极度自由的鲜红的形象。

你在空中挥动双臂，你的手指迅疾地掠过琴弦，你的舞曲美妙动听。

当我岁月终结、大门敞开的时候，你将把我手脚上的绳索烧成灰烬。

我的身躯将与你合为一体，我的心脏将被卷进你狂热的旋转之中，我的生命作为燃烧的热能，也将会闪烁发光，融入你的火焰。

四一

夜晚，船夫起航，横渡波涛汹涌的大海。

船帆鼓满了狂风，桅杆痛得嘎吱作响。

天空被夜的毒牙咬伤，中了黑色恐怖之毒，坠落在海面上。

一个个浪峰朝着无底的黑暗猛烈冲撞，船夫起航横渡怒吼的大海。

名师批注

作者用充满诗意的情调为读者讲述了一个唯美的爱情故事——出海的丈夫和等待丈夫归家的妻子的故事。夫妻间的深厚情义在充满艰险的海浪中被见证。

船夫已经起航，我不知道他去奔赴什么样的约会，他那骤然出现的一叶白帆，使黑夜也感到无比震惊。

我不知道他最终会在何处靠岸，走向亮着灯光的寂静的院落，寻找坐在地上等待的她。

一叶小舟，不畏风暴，不畏黑暗，它究竟寻求什么？

也许，它载满了宝石和珍珠？

啊，不，船夫没有携带任何珠宝，只是手里拿着一朵洁白的玫瑰，双唇噙着一支欢歌。

这是献给她的。她在这深夜里，亮着灯光，独自守候。

她就住在路边的小屋里。

她披散的秀发迎风飘拂，遮挡了她的明眸。

狂风厉声穿过她破旧的门缝，简陋的灯盏摇曳着灯光，把飘忽不定的阴影投向四壁。

从狂风的嚎叫声中，她听出他在呼唤她的名字，她那不为人知的芳名。

自从船夫起航，已经过去很久了。

还要过很久，黎明才会降临，他才会敲门。

谁也不会敲响鼓声，谁也不会知晓他的来临。

唯有阳光将会洒满房屋，尘土将得到净化，心灵将得到愉悦。

当船夫靠岸的时候，一切疑虑必将在寂谧中全然消失。

四二

名师批注

作者对未来无法预知，却用坚强的内心告诉自己就算会经历风浪也要用勇敢的心去迎接，更要保持乐观的心态。

在人世狭窄的溪流中，我紧紧守住这具生命的筏，我的躯体。当我抵达彼岸时，我弃之而去。

以后又将怎么样呢?

我不知道那儿的光明和黑暗是否一样。

未知者是永恒的自由：

他在爱情方面不讲怜悯。

他压碎贝壳，寻找默默囚禁在黑暗中的珍珠。

可怜的心啊，你沉思默想，为逝去的岁月而哭泣！

请为即将来临的日子而高兴吧！

钟已敲响，朝圣的人啊！

你该在十字路口做出选择！

未知者将会再一次揭开面纱，与你相见。

四三

国王宾比萨尔为佛陀的圣骨修建了一座圣陵，用洁白的大理石表达敬意。

傍晚时分，王室所有的嫔妃、公主都会来到这里，点燃灯火，敬献鲜花。

王子当上国王之后，在位期间，用鲜血洗劫了父王的信仰，用圣书点燃了献祭的火焰。

秋日正在死亡。

晚祷的时辰已经临近。

王后的侍女什里马蒂对佛陀一片虔诚，在圣水里沐浴之后，用盏盏明灯和洁白的鲜花装饰了金盘,默默地抬起乌黑的双眼,凝望着王后的脸庞。

王后噤若寒蝉，然后说："蠢姑娘，你难道不知道，谁要是到佛陀圣殿拜佛，一律处以死刑？这可是国王的意志啊。"

什里马蒂向王后深鞠一躬，转身跨出门外，找到王子的新娘阿米塔，伫立在她的面前。

一面金光灿灿的镜子放在膝头，新娘对着镜子把乌黑的长发编成辫子，并在额头的发际点上一颗吉祥的红痣。

她一看到年轻的侍女，就双手颤抖地叫道："你想给我惹来何等可怕的灾祸？立刻离开我。"

公主苏克拉坐在窗前，伴着一抹夕阳，读着爱情小说。

她看到侍女捧着祭品站在门口时，不禁大吃一惊。

书从膝上掉落在地，她对着什里马蒂的耳朵悄声地说："大胆的丫头，你可不要去送死啊！"

什里马蒂走过一扇又一扇门扉。

她昂起头来，大声嚷道："皇宫的妇女们，快

名师批注

用严苛的手段将信仰禁锢、将人生的自由约束，但这并不能使热爱自由与虔诚的心受到动摇，表现了侍女什里马蒂正义、勇敢、虔诚的高尚情操。

来呀，拜佛的时辰到啦！”

有的当即关上房门，有的张口对她辱骂。

最后一线白昼的余晖从宫殿的古铜圆顶上消逝而去。

深沉的阴影降落在街道的角落，城市的喧嚣沉寂了，湿婆之宙的锣声宣告晚祷时辰已经来临。

秋夜，像平静的湖面一般深沉。黑暗中，星光颤动，这时，御花园的卫兵透过树影，惊讶地发现佛陀圣殿之前亮起一排明灯。

他们拔出利剑，飞奔而至，大声喝道：“蠢货，你是什么人，竟敢找死？”

“我是什里马蒂，”一个柔美悦耳的声音答道，“我是佛陀的奴仆。”

接着，她心口迸出的鲜血染红了冰冷的大理石。

星辰寂然无语，圣殿前的最后一盏祭灯惨然熄灭。

四

站在你我之间的白昼，在向我们做最后的鞠躬告别。

夜罩起白昼的面纱，也遮掩了那盏在我卧室里点燃的灯火。

你黑暗的仆人无声无息地走了进来，为你铺好婚毯，好让你与我单独坐在无言的静谧中，直至黑夜消逝。

四五

我的夜晚在悲哀之床上度过，我的双眼疲惫不堪。我沉重的心还没有准备好去迎接那充满喜悦的黎明。

用面纱罩起赤裸裸的灯光，从我身边挥走这耀眼的闪烁和生命的舞蹈。

让你用温柔黑暗的斗篷把我罩在褶皱里，也把我的痛苦暂时盖起来，别让它承受这世界的压力。

名师批注

诗人在面对无助与痛苦时的真实写照。他希望神灵用他惯有的力量来驱逐这些萦绕在自己身边的无限痛楚和压力。

四六

我应该为我所得到的一切来报答她的时刻已经过去了。

她的夜晚找到了自己的清晨，你把她搂到你的怀里；我把本该属于她的感激和礼品奉献给你。

我来到你的面前恳求宽恕，宽恕我过去对她的全部伤害和冒犯。

我把我这些等待她打开爱的蓓蕾也一起奉献给你吧。

四七

我发现我昔日的几封书信被精心地藏在她的盒子里，像几份小小的玩物供她的记忆玩耍。

带着畏怯的心，她试图从时光的湍流中偷走这些玩物，她说："这些东西只属于我！"

啊，现在无人要求占有这些信了，谁会付出代价来对它们精心关照呢？但它们原封不动地留在这里。

在这个世界，自有仁爱存在，不至于使她完全地失落，就像她的这种爱，如此痴情地使这些信件被珍藏下来。

四八

女人啊，把美和秩序带进我这悲惨的生活中来吧，犹如你活着的时候把它们带进了我的家里。

扫除时间尘封的瓦砾，盛满空荡荡的水罐，修葺曾被忽略的一切。

名师批注

诗人在诸多诗篇中都提到了"女人"。这其中暗含着对当时社会形态的不满——他希望被束缚的女人们可以得到解放，不要再受到无情的欺压。

然后打开神殿的幽秘大门，点燃蜡烛，让我们在神的面前默然相遇吧。

四九

我的主啊，当琴弦调好之时，痛苦是何等巨大！

奏起乐曲吧，让我忘却痛苦；让我在美的享受中感知这无情日子里你心中所拥有的一切。

正在逝去的夜色仍逗留在我的门口，让她在歌声中辞别吧。

我的主啊，在你星辰乐曲的伴奏下，把你的心灵倾入我的生命之弦吧。

五十

在瞬间的电光闪烁中，我在我生命中看到了你巨大的创造力——历经生死，从一个世界到另一个世界的创造力。

当我看到我的生命处在毫无意义的时刻，我为我的毫无价值而哭泣，但是，当我看到你的生命掌握在你的手中时，我便知道这生命极其珍贵，不应该虚掷于阴影之中。

五一

我知道，终有一天，太阳将在暮色中向我做最后的告别。

牧童将在榕树下吹着长笛，牲口会在河边的山坡吃着草儿，而我的日子将会隐入黑暗。

这是我的祈求：在我离开之前，让我知道，为什么大地召唤我投进她的怀抱？为什么她寂静的夜向我叙述星辰的故事？为什么她的白昼把我的思绪亲吻成花朵？

在我离开之前，让我逗留片刻，吟唱我最后的诗句，把它化为乐曲；让我点亮灯光，看一眼你的脸庞；让我织好花冠，戴到你的头上。

名师批注

诗人用凄美的情感基调描绘了与恋人分离时的痛楚。这其中有对昔日美好时光的回忆，也有对相遇为何最后要离别的不解。然而，短短几句，便道出了真理——有时候相遇的人，最后会分开，都源于人与人之间的缘起缘灭。人类无法强行改变这种命中注定。

五二

这是什么乐曲，能使世界合着它的节拍摇晃？

当它奏到生命之巅时，我们便大声欢笑，当它返回黑暗时，我们便蜷缩在恐惧之中。

始终如一的演奏，随着这永无止境的乐曲的节拍，时而高昂，时而沉寂。

你把财富藏于掌心，我们叫嚷着我们被人抢劫。

可你随心所欲地松开或握紧你的掌心，得失相同。

你自己与自己玩着游戏，你既是胜利者，又是失败者。

五三

我已经用眼睛和双臂拥吻了这个世界；我已经把它一层又一层地包藏在我的内心里；我已经用思想淹没了它的白昼和夜晚，直至世界和我的生命合而为一。我爱我的生命，因为我爱与我交织在一体的天空的光明。

如果离开这个世界与热爱这个世界一样真实，那么，生命的相遇与分离必定意味深长。

倘若爱情会被死亡蒙骗，那么这种蒙骗的毒素会腐蚀万物，而繁星也会枯萎，变得黯然失色。

五四

云朵对我说：“我要消失了。”

黑夜对我说：“我要投入火红的朝霞。”

痛苦对我说：“我保持深深的沉默，如同他的

名师批注

诗人从不同的角度来描述自己对黑暗、痛苦、生命、爱情以及死亡的态度和希冀。

脚步。”

生命对我说：“我在完美中死亡。”

大地对我说：“我的光芒每时每刻亲吻着你的思想。”

爱情对我说：“时光流逝，但我等着你。”

死亡对我说：“我驾驶着你的生命之舟穿越大海。”

五五

在恒河之畔，在人们焚化死者的凄寂之处，诗人杜尔西达斯来回漫步，陷入沉思。

他发现一个妇女坐在丈夫的尸体旁边，身着艳丽的服装，仿佛是举行婚礼一般。

她看见诗人时，起身施礼，说：“大师，请允许我带着你的祝福，跟随我丈夫前去天国。”

“为何这么匆忙，我的孩子？”杜尔西达斯问道，“这人间不也是属于造就天国的上帝吗？”

“我并不向往天国，”妇人答道，“我只要我的丈夫。”

杜尔西达斯笑容可掬地说：“回家去吧，我的孩子。不出这个月，你就会找到你的丈夫。”

妇人满怀幸福的希望回家了。杜尔西达斯每天都去看望她，以高深的思想促使她思索，直到

名师批注

这则故事寓意深刻。它阐明了真正的陪伴并不是人与人之间的朝夕相处，而在于灵魂的默契、心灵的共通。只要心中有这个人，那么这个人就永远存在于你的世界。

她的心中充满神圣的爱。

一月未尽，邻居们来看望她，问道："妹子，你找到丈夫了吗？"

寡妇笑着答道："是的，找到了。"

邻居们急切地问道："他在哪儿？"

"我的夫君在我心里，已与我融为一体。"妇人答道。

五六

你曾短暂地出现在我的身边，用宇宙心灵深处的巨大的女性神秘将我触动。

她永远以上帝自己流露的美来报答上帝；她的本性永远是那么清新美丽和青春；她在汩汩的溪水中翩翩起舞；她在清晨的阳光里唱着欢歌；她用翻滚的波涛哺育着饥渴的大地；在她身上，创世主一分为二，既有难以遏制的欢乐，又充溢着爱情的痛苦。

五七

她是谁呢？这个永远孤独凄凉的女人，居于我的心中。

名师批注

真正的爱情不是靠施舍赠予。诗人在追求中用尽各种足以感动女人的方法。可是，这并未使女人动心。因为真正的爱情不需要千方百计地讨好，应该是一触即发的热切。这个女人的聪明与睿智就体现在她知道自己需要遇见的是怎样的情感。

我追求过她，但没有赢得她。

我用花环为她装饰，我用颂歌对她赞美。

她脸上荡漾过瞬间的笑意，但顷刻消失。

“我在你身上得不到欢乐。”她哭诉着，好一个忧愁的女人。

我给她买了镶着宝石的脚镯；我用缀满珠宝的扇子为她扇风取凉；我在纯金床架上为她把床铺好。

她的眼中闪烁着一丝欢乐，但很快消亡。

“我从这些珠宝中得不到欢乐。”她哭诉着，好一个忧愁的女人。

我把她扶到凯旋车上，驱车带她四处巡视。

一颗颗被征服的心拜倒在她的脚下，欢呼的声音响彻云霄。

瞬间的自豪在她眼中闪烁，接着在泪水中黯然消亡。

“我从征服中得不到欢乐。”她哭诉着，好一个忧愁的女人。

我问她：“告诉我，你在寻找哪一位呢？”

她只回答：“我在等待我叫不出名字的他。”

光阴荏苒，她在呼喊：“我的爱人何时来临？他不为我知，又永远被我所知。”

五八

你的光明是从黑暗中迸发而出，你的善良是从挣扎的破裂的心口萌发出来。

你的房屋是向世界敞开，你的爱情是召唤人们奔赴战场。

我的礼品是在万物皆失的时分仍不失为一得，你的生命是从死亡之穴中流出。

你的天堂是筑在尘世之间，你为我也为众人居住在那里。

五九

当我疲于奔命，又被酷暑弄得干渴难忍的时候，当黄昏的幽灵把阴影投向我生命的时候，此时此刻呀，我的朋友，我不仅渴望听到你的声音，更渴望得到你的抚摩。

我的心由于沉重的负担而感到痛苦，因为它没有把它所有的财富给你。

穿过黑夜，伸出你的手来，让我握住它、填满它、拥有它；让我感到它抚摩我绵绵延伸的孤独。

名师批注

在面对困难与痛苦时，人们最希望的是有一双充满关爱的手握紧自己，给予自己渡过难关的力量与希望。

六十

芬芳在花苞里呼喊：“啊，一天过去了，一个欢乐的春日，而我却被囚禁在花瓣里！”

不要灰心丧气，胆怯的东西！

你的镣铐完全迸裂，花苞将绽放出鲜花，即使你死在生命的旺盛时期，春光也将长存。

芬芳在花苞里喘息，焦急地喊道：“啊，时光流逝，我却不知飘向哪里，也不知道寻求什么！”

不要灰心丧气，胆怯的东西！

和煦的春风已偶然听到你的心愿，不等白昼终结，你就会实现自己生存的使命。

黑暗是她的未来，芬芳在失望中叫嚷：“啊，我的生命这般没有意义，这究竟是谁的过错？谁能告诉我，为什么我竟会这样？”

不要灰心丧气，胆怯的东西！

完美的黎明即将迫近，那时，你会把自己的生命与众人的生命融为一体，并且最终得知你生存的目的。

六一

我的主人啊，她还是个孩子。

她在你的宫殿奔跑嬉戏，而且还想把你也变成她的玩具。

当她的秀发披落下来，当她穿上的衣裳在地上拖曳，她一概毫不介意。

当你对她说话，她便酣然入睡，不予回答——你早晨赠送的那朵鲜花，也从她手里滑落到地上。

当风雨大作，昏天黑地，她的睡意全然消失，玩偶丢到地上，惊恐地紧紧依偎着你。

她生怕她不能服侍你。

可你却含着微笑观看她做着游戏。

你了解她。

那坐在地上的孩子是你命中注定的新娘；她的嬉戏将会停息，并将化为深沉的爱恋。

六二

“啊，太阳，除了天空，还有什么能够容纳你的形象？”

“我梦见你，但我从不奢望侍奉你。”露珠哭

名师批注

生命的渺小与伟大本不应该从外表的光辉去评判。每个人的生命都是平等的、令人尊重的。

泣着说，“我太渺小，伟大的主人啊，我载不动你，而且，我的生命全都是泪珠。”

于是太阳说：“我照亮广阔无垠的天空，但我也能委身于一颗微乎其微的露珠。我将化为闪光，把你填满。这样，你小小的生命将会成为含笑的星球。”

六三

我不需要那种不知节制的爱，它就像冒着泡沫的酒，从杯里漫溢而出，顷刻间化为废物。

赐给我那种像你雨丝一样清凉纯净的爱吧，它赐福于干渴的大地，注满家中的陶罐。

赐给我那种能够渗入心灵深处的爱吧，而且又能从那儿渗开，像看不见的树液流经生命之树，诞生出鲜花和果实。

赐给我那种使心灵充满宁静的爱吧。

六四

一轮红日落进了河流西边的密林。

隐修院的孩子们已经放牧归来，围坐在炉边，倾听大师高塔马讲经。这时，一个陌生的少年走

名师批注

身份、地位的尊贵永远不及心灵的高尚来得更令人尊敬。作者用简短的故事，寓意深刻地道出了这一观点。

来，向高塔马致敬，献上水果和鲜花，深深地伏在他的脚前，用鸟儿一般婉转悦耳的声音说："大师，我到这儿来，求您带我到至高无上的真理的道路上去。我的名字叫萨蒂亚伽马。"

"祝福你。"大师说，"孩子，你出身于什么家族？只有婆罗门才配得上追求最高的真理。"

"大师，"少年答道，"我不知道我出身于什么家族，我去问我母亲。"

说罢，萨蒂亚伽马转身离开，他蹚过浅浅的河水，回到母亲的茅屋。这间茅屋坐落在寂静村庄尽头的荒丘上。

屋内点着昏暗的灯火，母亲站在门口的黑暗中，等待着儿子的归来。

她把儿子紧紧地搂到怀中，亲吻着他的头发，询问他求教的情况。

"亲爱的妈妈，我父亲叫什么名字？高塔马大师对我说，只有婆罗门才配得上追求最高的真理。"孩子问道。

这位妇人垂下眼睛，低声说道："我年轻时，是个穷苦人，侍奉过许多老爷。宝贝儿，你来到你妈妈贾巴拉怀里的时候，你妈妈还没有丈夫。"

初升的太阳在隐修院的树梢上闪耀着光辉。

古树下，弟子们坐在师父面前，晨浴之后，他们蓬乱的头发仍旧湿淋淋的。

萨蒂亚伽马走了过来。

他伏到圣人的脚前，深深地鞠躬致礼。

“告诉我，”大师问道，“你出身于什么家族？”

“师父，”少年答道，“我不知道。我问我母亲时，她告诉我说‘她年轻时侍奉过许多老爷，我来到她怀里的时候，她还没有丈夫’。”

顿时，像受到惊扰的蜂箱爆发起一阵愤怒的嗡嗡声，弟子们对这位被遗弃者的不知羞耻的狂言窃窃私语。

大师高塔马从座位上站了起来，伸开双臂，把这个孩子一把搂到自己的怀里，说：“我的孩子，你是最好的婆罗门。你继承了最高尚的诚实。”

六五

也许在这座城里，有一间房屋在今晨旭日的抚摩下永远敞开了门户，光明在此完成了自己的使命。

也许就在今晨，有一颗心灵在篱边和花园的鲜花丛中，发现了无尽的时光送来的礼物。

六六

我的心啊，听着，他长笛吹奏的乐曲有着野花的芬芳，有着晶莹滴翠的绿叶和碧波粼粼的溪水，还有回响着蜜蜂轻轻振翅的浓荫。

这笛声从我朋友的唇上窃取了她那嫣然一笑，并把笑声扩展到我的生命之上。

六七

你一直独自站在我歌曲之河的对岸。

可我不知道如何触摸由我的旋律之波濯洗的你的双足。

我与你的游戏来自远方。

离愁别绪通过我的笛子融入乐调。

我等待着你驾船过河来到我的岸边，亲手收下我笛子的那一刻。

六八

今天早晨，对着你的心灵，我的心灵之窗突然推开。

我惊疑地看到我的名字——通过这名字你了解了我——写在四月的绿叶和花瓣上，我默然坐下。

刹那间，飘飞了你我歌曲之间的帷幕。

我发现你的晨光充斥我哑默的歌曲。

我想，我应该坐在你的身旁学习这些歌曲，我默然坐下。

名师批注

作者用优美的语言、炽热的感情记录着心灵因神的垂怜而经受洗礼。神灵给生命带来了希望之光，使得人性中阴暗的一面瞬间被照亮。作者正是因为这些，才豁然开朗——坐在神的旁边，默默接受心灵的洗礼。

六九

你藏在我的内心深处，因此当我的心彷徨无助的时候，她无法发现你；你始终隐瞒于我的爱情和希望，因为你总是存在于它们之中。

你是我青春年少游戏时藏在我内心深处的喜悦，每当我沉溺于游戏之时，喜悦便会流逝。

你在我生命的狂欢时分曾经对我歌唱，可我竟忘了与你和上一曲。

七十

当你把明灯举在空中，灯光洒在我的脸上，阴影却落到你的身上。

当你在我心中举起爱情之灯，灯光落到你的身上，我则站在后面的阴影里。

七一

哦，闪光的波浪，吞噬天空的波浪，与生命共舞，翻卷起欢乐，奔腾不息。

星辰在浪尖上晃动，从深处抛出的五彩情思，散落在生命的沙滩上。

生与死节奏明快地起伏，我心灵的海鸥欢快地鸣叫，振翅高飞。

七二

欢乐从四面八方奔赴而来，建构了我的躯体。

天上的光芒把她亲吻了一遍又一遍，直至把她吻醒。

匆匆奔驰的夏季的花朵，和着她的呼吸赞叹，飒飒的风声和潺潺的流水，和着她的运动歌唱。

云霞和森林的色彩以激情般的潮水注入她的生命，万物的音乐把她的手足抚摩得婀娜多姿。

她是我的新娘，她在我的屋中点亮了灯光。

七三

阳春携带着绿叶和鲜花走进了我的生命。

整个清晨，蜜蜂在那儿嗡嗡吟唱，春风懒悠悠地同绿荫嬉戏。

一股甘美的清泉从我内心深处奔腾而出。

我的双眼因喜悦而湿润，犹如朝露沾湿的清晨；生命在我的四肢躁动，犹如发出声响的琴弦。

你是否正独自在我涨潮的生命的河边缓步踯躅，哦，我那永无穷尽的岁月的爱人？

我的梦是否像张着彩色翅膀的飞蛾，正围着你掠飞？

那一阵阵在我生命的黑暗的洞穴里回响着的声音，是否就是你的歌声？

今朝能听见在我血管里正鸣响着繁忙时刻的嗡嗡声，能听见在我心中欢快舞蹈的脚步声，和那永不平静的生命在我体内振翼鼓翅的嘈杂声的，除了你还有谁？

名师批注

作者用优美、流畅的语言向我们娓娓道来爱情在他生命中独特的地位及意义。爱，欢愉了人的精神，驱赶了一切黑暗之光。

七四

我的锁链已被轧断，我的债务已经偿还，我的大门已经敞开，我可以奔向任何地方。

他们蜷缩在角落，编织着苍白的时间之网，他们坐在尘埃中数着硬币，唤我返回。

但我的利剑已经锻造，我的盔甲已经穿好，我的战马急于奔跑。

我一定会赢得我的王国。

名师批注

这是作者重获自由后的呐喊，表现了英勇战士的气宇轩昂和必胜信心。

七五

就在前不久，我赤条条地来到你的大地，无名无姓，只带着一声哭叫。

今天，我的声音变得欢快，而你，我的主啊，却闪在一旁，让出空间供我充实生命。

甚至在我向你奉献赞歌的时候，我也暗怀希冀，盼望这赞歌能把世间的人们引到我的身边，将我深深地爱恋。

你会欣喜地发现，我热爱你送我而来的这个世界。

七六

我曾胆怯地畏缩在安全的庇荫中；但现在，当幸福的波涛把我的心儿推到浪峰的时候，我的心紧紧依附着它烦恼的残忍的礁石。

我曾独坐在我房屋的一隅，心想：狭窄的斗室容纳不下任何客人；但现在，当门扉被不期而至的欢乐打开时，我发现这儿不仅能够容纳你，也能容纳整个世界。

我曾步履轻盈地走路，细心保护经过打扮、香气馥郁的容颜；但现在，当一阵幸福的旋风把我卷倒在尘土里的时候，我会像孩子一般，在你脚边的地上嬉笑翻滚。

七七

世界一度属于你，也永远属于你。

因为你毫无匮乏，我的君王，所以你的财富不会给你带来什么欢乐。

你的世界仿佛一无所有。

因此你漫长的岁月中，把属于你的一切给予我，在我身上不停地赢得你的王国。

日复一日，你从我的心中买下黎明，而你也发现你的爱塑成了我生命的形象。

七八

你把歌曲献给了鸟儿,鸟儿也以歌曲向你报答。

你只把歌喉赐予了我，可你向我索取得更多，所以我得歌唱。

你把你的风造就得灵巧轻盈，因此它们敏捷轻快地为你奔波。可你却使我的双手沉重难提，又让我自己减轻重负，最终能够身手轻巧、无拘无束地为你效劳。

你创造了你的大地，又用一片一片的残光填注阴影。

你就此停了下来，留下我双手空空地在尘土中建造你的天堂。

你对于众生都是给予；对于我，却只是索取。

我生命的果实在阳光雨露中成熟，直至收获多于你的播种，使你心中充满喜悦，哦，金色谷仓的主人啊。

七九

别让我为免遭危险而祈祷，而是让我无所畏

惧地面对危险。

别让我为止息痛苦而恳求，而是让我能有一颗征服痛苦的心。

别让我在生命的战场中寻找盟友，而是让我竭尽全力地战斗。

别让我在焦虑恐惧中渴望拯救，而是让我寻求耐心来赢取自由。

答应我吧，别让我成为懦夫只在成功之际感受你的仁慈；而是让我在失败之时发觉你双手的握力。

名师批注

放手一搏的勇气与魄力萦绕于心，抛却所有的束缚和后路，只为那奋力一搏。就算这其中会遭遇失败也不怕，因为只要有神的力量存在，就会有重新站起来的勇气。

八十

当你孤身独处时，并不了解你自己，当疾风从此岸吹向彼岸时，也无须传送一声急切的呼唤。

我来了，你就醒了，空中万道霞光，恰似繁花怒放。

你在繁花中绽放了我的生命，又在千姿百态的摇篮里摇我入眠；你在死亡中把我藏匿，又在生命中将我发现。

我来了，你心潮起伏，悲喜交集。

你抚摩我，我感受到爱的颤动。

但我的眼中蒙上了一层羞涩，我的胸口闪现着一缕恐惧；我的脸庞遮在面纱里，我看不见你的时候，忍不住低声哭泣。

然而我知道，在你的心中，有着想与我会面的无限的渴望，它伴随着朝霞日复一日地叩门，在我门口永无止境地呼喊。

八一

在永无穷尽的守望中，你倾听着我越来越近的脚步声。你的欢乐聚集在晨曦之中，又骤然变为光明灿照。

我越是接近你，大海的狂舞越是激昂。

你的世界是一束由光线织就的花枝，捧在你的手里，而你的天堂却在我秘密的心底，它在羞涩的爱情中，一瓣一瓣地绽开花蕾。

八二

当我独自一人静坐沉思的时候，我会情不自禁地喊出你的名字。

我会喊出你的名字，不用言词，也不抱有任何目的。

因为我像一个孩子，上百遍地呼唤母亲，为自己会叫“母亲”而怡然自得。

八三

（一）

我感到一切星辰都在我心中闪闪发光。

世界如同洪流涌进了我的生命。

百花在我体内纷纷绽放。

陆地和水域的全部青春活力，像一缕香烟在我心中缭绕升起；大地万物的呼吸吹拂着我的思绪，宛若吹奏长笛。

（二）

当世界进入梦乡之时，我来到你的门口。

繁星默不做声，我也不敢放声歌唱。

我等着观望，直至你的身影掠过夜的阳台，于是我心满意足地返回。

然后在清晨，我在路边歌唱，

篱边的束束鲜花应和我的歌声，晨风侧耳倾听。

旅人蓦然驻足，盯着我的脸庞，以为我呼唤他们的名字。

（三）

把我留在你的门边，随时听命于你的心愿，让我接受你的召唤，在你的王国四处奔走。

别让我在沉闷的深渊里陷身并且消逝。

别让我的生命被空虚无聊撕成碎片。

别让那些怀疑——那些扰乱人心的灰尘——把我围困。

别让我费尽心机地去积聚财物。

别让我扭曲自己的心灵来屈从于多数人的支配。

让我挺起腰杆，为做你的仆人而无上自豪。

八四

划手们

你是否听见远方的死亡的喧嚣？

你是否听见从火海和毒云中传来的呼喊？

——是船长要舵手把船儿转向一个未知的海岸，因为在港口停滞的时间已经过去。

在这港口，同样的货物周而复始地买进卖出，

那儿朽废之物在枯竭和一无所有的真理中漂浮。

他们从突然的恐惧中惊醒，问道：

“伙伴们，钟已敲过几点？黎明何时才会降临？”

乌云滚滚，遮暗了星空——

有谁能够看见白昼在招手示意？

他们持桨跑了出来，床铺空了，母亲在祈祷，

名师批注

作者运用排比、设问、反问等修辞手法将黎明前的黑暗，以及对死亡、苦痛的憎恶以故事的形式表现出来。表面上是写航行者在航行时遇到的艰难险阻和暴风雨带来的黑暗，实则是在反映现实生活。当时的社会处于极为黑暗的时刻，给人们带来极大的痛苦与灾难。然而，面对这些邪恶的黑暗势力，只要百折不挠、坚定信念，光明与和平一定会到来的。

妻子在门边守望；一阵别离的恸哭冲上云天。

黑暗中又传来船长的呼叫：

“水手们，起航啦，停在港口的时间已经过去啦！”

世界上所有的黑暗邪恶都已经泛滥成灾，

然而，划手们啊，各就各位吧，把悲哀的祝福埋在心灵深处！

兄弟们，你们责怪谁呢？低下头吧！

这是你们的罪孽，也是我们的罪孽。

上帝心中多年增长的热——

弱者的怯懦、强者的骄横、富贵者的贪婪、受害者的怨恨、种族的骄傲、对人的侮辱——

已经破坏了上帝的平静，在暴风雨中怒吼。

让暴风雨撕碎自己的心，像撕开一个成熟的豆荚，并且化作四散的雷霆。

闭上你们的嘴巴，别再诽谤他人，吹嘘自己。

在额头上印下默默祈祷的宁静，驶向那无名的彼岸。

我们每天经历罪孽，经历死亡；

它们像浮云掠过我们的世界，以倏忽即逝的闪电的狂笑嘲弄我们。

突然间，它们戛然而止，变得令人惊恐。

人们必须站在它们的面前，说：

“我们不怕你，嗨，魔鬼！因为我们全凭征服你，活过了一天又一天，我们即使死亡，也抱着坚定的信念：和平是真实的，善是真实的，永恒的上帝也是真实的！”

如果永生并不寓于死亡的心里，

如果愉快的智慧没有从悲哀之鞘绽放出鲜花，

如果罪孽并没有死于自我暴露，

如果骄傲没有压倒在虚荣的重负之下，

那么，驱使这些划手们如同繁星在曙光中匆匆奔向死亡跑出家园的希望又是从何而来？

难道殉难者的鲜血和母亲的泪水将白白消失在大地的尘埃之中？他们付出这样的代价也无法赢得天堂？

难道凡人突破尘世束缚的时刻，不正是上帝显现自己的时刻吗？

八五

失败者之歌

我伫立路边的时候，我的主人吩咐我唱一支失败之歌，因为失败是他暗中追求的新娘。

她已蒙上黑色的面纱，不让众人看见她的脸庞，但她胸前的珠宝在黑暗中闪闪发光。

她被白昼所遗弃，而上帝的夜晚却以点亮的灯火和被露珠滋润的鲜花等待着她。

她低垂着双眼，默然无言；她已把家庭抛在身后，从她的家里不时地传来风中的哀号。

名师批注

将“失败”比作“在暗中追求的新娘”，形象深刻地描绘出面对失败时的痛苦与不忍直视；将失败者的心态委婉、含蓄地表达出来。

但是，面对一张因羞涩和痛苦而无比娇美的脸庞，繁星唱起了一支永恒的恋歌。

孤寂的居所已经把门打开，呼唤的声音已经响了起来，黑夜的心脏因即将来临的幽会而懔然跳动。

八六

感 恩

行走在傲慢之路上的人们，践踏着地位卑贱者的生命，他们那沾满鲜血的足迹覆盖了大地的嫩绿。

让他们去欢庆自己的今天吧，主啊，谢谢你。

我所感激的是，我的命运与遭受苦难、忍负权贵欺压的卑贱者联系到了一起。他们在黑暗中饮泣吞声。

因为他们每一次痛苦的抽噎，都使你秘密的黑夜之心骤然悸动，他们所受的每一次侮辱都汇入你巨大的静谧。

但明天是属于他们的。

啊，太阳，从滴血的心上冉冉升起吧，绽放出一束束黎明的鲜花，让傲慢狂欢的火炬畏怯地化为灰烬。

名师批注

作者慷慨激昂地表达了自己内心的呼喊——是对无知、残忍的作恶者的控诉，控诉他们的野蛮行径；同时又是对处于悲惨命运下的人们的鼓励，即使是身处困境之中，也不忘感恩上帝，使自己因为拥有信仰，而坚定地相信光明即将到来。

飞鸟集（节选）

一

夏天的飞鸟，飞到我的窗前唱歌，又飞走了。

秋天的黄叶，它们没有什么可唱，只叹息一声，飞落在那里。

二

世界上的一队小小的漂泊者呀，请留下你们的足印在我的文字里。

三

世界对着它的爱人，把它浩瀚的面具揭下了。

它变小了，小如一首歌，小如一个永恒的吻。

四

是大地的泪点，使她的微笑保持着青春不谢。

五

无垠的沙漠热烈追求一叶绿草的爱，她摇摇头笑着飞开了。

名师批注
深刻简明地道出了爱与被爱的关系——落花有意流水无情，这是最不可勉强的事情。

六

如果你因失去了太阳而流泪，那么你也将失去群星。

七

跳舞着的流水呀，在你途中的泥沙，要求你的歌声、你的流动呢。你肯挟跛足的泥沙而俱下吗?

八

她热切的脸，如夜雨似的，搅扰着我的梦魂。

九

有一次，我们梦见大家都是不相识的。

我们醒了，却知道我们原是相亲相爱的。

名师批注

人与人之间哪怕没有任何关联，但是因为有共同的信仰、相同的血脉，即使是陌生人也会形成友爱的大家庭。

十

忧思在我的心里平静下去，正如暮色降临在寂静的山林中。

一一

有些看不见的手，如懒懒的微风，正在我的心上奏着潺潺的乐声。

一二

“海水呀，你说的是什么？”

“是永恒的疑问。”

“天空呀，你回答的是什么？”

“是永恒的沉默。”

一三

静静地听，我的心呀，听那世界的低语，这是它对你求爱的表示呀。

一四

创造的神秘，犹如夜间的黑暗——是伟大的。而知识的幻影却不过如晨间之雾。

一五

不要因为峭壁是高的，便让你的爱情坐在峭壁上。

名师批注

“高”代表仰慕之意。作者用形象的比喻暗示了在爱情当中理应以相互平等、相互尊重的方式来相处；如有一方高高在上，那么这样的爱情即使令人羡慕，那也是岌岌可危的。

一六

我今晨坐在窗前，世界如一个路人似的，停留了一会儿，向我点点头又走过去了。

一七

这些微思，是树叶的簌簌之声呀；它们在我的心里欢悦地微语着。

一八

你看不见你自己，你所看见的只是你的影子。

一九

神呀，我的那些愿望真是愚蠢呀，它们夹杂在你的歌声中喧叫着呢。

让我只是静听着吧。

二十

我不能选择那最好的。

是那最好的选择了我。

二一

那些把灯背在背上的人，把他们的影子投到了自己前面。

二二

我的存在，对我是一个永久的神奇，这就是生活。

名师批注

生活就是一个自我创造价值与存在意义的过程。每个人都是独特的、无可替代的神奇。

二三

“我们萧萧的树叶都有声响回答那风和雨。你是谁呢，那样的沉默着？”

"我不过是一朵花。"

二四

休息与工作的关系，正如眼睑与眼睛的关系。

二五

人是一个初生的孩子，他的力量，就是生长的力量。

名师批注

初生的孩子有着无限大的能量，你永远不知道他会以怎样的形式来爆发这种巨大的潜在力量。然而，无论人处于什么阶段，都会如新生儿一般，因为人的潜能是无限大的。

二六

神希望我们酬答他，在于他送给我们的花朵，而不在于太阳和土地。

二七

光明如一个裸体的孩子，快快活活地在绿叶当中游戏，它不知道人是会欺诈的。

二八

啊，美呀，在爱中找你自己吧，不要到你镜子的谄谀去找寻。

二九

我的心把她的波浪在世界的海岸上冲击着，以热泪在上边写着她的题记："我爱你。"

三十

"月儿呀，你在等候什么呢？"

"向我将让位给他的太阳致敬。"

三一

绿树长到了我的窗前，仿佛是喑哑的大地发出的渴望的声音。

三二

神自己的清晨，在他自己看来也是新奇的。

三三

生命从世界得到资产，爱情使它得到价值。

三四

枯竭的河床，并不感谢它的过去。

三五

鸟儿愿为一朵云。
云儿愿为一只鸟。

名师批注

作者用生活中常见的事物表达出了深刻的哲理——鸟儿没有看到自己的长处，却羡慕云儿的惬意；云儿不满意自己的生活，却羡慕鸟儿的自在。可是，为什么这种最适合自己的幸福却偏偏被忽略呢？

三六

瀑布歌唱道："我得到自由时便有了歌声。"

名师批注

将瀑布拟人化，用因自由而唱出的歌声来比喻束缚禁锢了人类的天性，使得心灵与灵魂得不到最初始的解放。诗人用这一形象的比喻肯定了自由对人类的意义之重大。

三七

我说不出这心为什么那样默默地颓丧着。

是为了它那不曾要求、不曾知道、不曾记得的小小的需要。

三八

妇人，你在料理家务的时候，你的手足歌唱着，正如山间的溪水歌唱着在小石中流过。

三九

当太阳横过西方的海面时，对着东方留下他最后的敬礼。

四十

不要因为你自己没有胃口而去责备你的食物。

四一

群树如表示大地的愿望似的，踮起脚来向天空窥望。

四二

你微微地笑着，不同我说什么话。而我觉得，为了这个，我已等待很久了。

四三

水里的游鱼是沉默的，陆地上的兽类是喧闹的，空中的飞鸟是歌唱着的。

但是，人类却兼有海里的沉默、地上的喧闹与空中的音乐。

四四

世界在踌躇之心的琴弦上跑过去，奏出忧郁的乐声。

四五

他把他的刀剑当作他的上帝。

当他的刀剑胜利的时候他自己却失败了。

名师批注

有力地控诉了那些热衷于战争的人，把血腥与杀戮、侵略与抢夺当作信仰的时候，即使他在战场上获得了胜利，但是，作为人类，他泯灭了人性，因此在人性面前他仍就是一个失败者。

四六

神从创造中找到了他自己。

四七

阴影戴上她的面具，秘密地、温顺地，用她沉默的爱的脚步，跟在“光”后边。

四八

群星不怕显得像萤火那样。

四九

谢谢神，我不是一个权力的轮子，而是被压在这轮子下的活人之一。

五十

心是尖锐的，不是宽博的，它执着在每一点上，却并不活动。

五一

你的偶像挥发在尘土中了，这可证明神的尘土比你的偶像还伟大。

名师批注

神的尘土可以理解为大地，也就是说宇宙包罗万象，没有什么比宇宙这个创世主更永久更伟大的了。

五二

人不能在他的历史中表现出他自己，他在历史中奋斗着露出头角。

五三

玻璃灯因为瓦灯叫它表兄而责备瓦灯。但当明月出来时，玻璃灯却温和地微笑着，叫明月为——“我亲爱的，亲爱的姐姐。”

五四

我们如海鸥与波涛相遇似的，遇见了，走近了。海鸥飞去，波涛滚滚地流开，我们也分别了。

五五

我的白昼已经完了，我像一只漂泊在海滩上

的小船，谛听着晚潮跳舞的乐声。

五六

我们的生命是天赋的，我们唯有献出生命，才能得到生命。

五七

当我们大为谦卑的时候，便是我们最接近伟大的时候。

名师批注

谦卑是一种态度，当你在某一领域里面保持着这种态度时，你便会发现你所知道的只是广阔宇宙中极为微小的一粒，那么你将会用更多的精力去钻研而获得更多的真知。这个时候的你离伟大也就不远了。

五八

麻雀看见孔雀负担着它的翎尾，替它担忧。

五九

决不要害怕刹那——永恒之声这样唱着。

六十

飓风于无路之中寻求最短之路，又突然地在“无何有之国”终止了它的追求。

六一

在我自己的杯中，饮了我的酒吧，朋友。

一倒在别人的杯里，这酒的腾跳的泡沫便要消失了。

六二

“完全”为了对“不全”的爱，把自己装饰得美丽。

六三

神对人说：“我医治你所以伤害你，爱你所以惩罚你。”

名师批注

“医治”与“伤害”、“爱”与“惩罚”是相对的。神用严厉的方式使人们能在逆境与曲折中获得成长与生活的经验。

六四

谢谢火焰给你光明，但是不要忘了那执灯的人，他是坚忍地站在黑暗当中呢。

六五

小草呀，你的足步虽小，但是你拥有你足下的土地。

六六

幼花的蓓蕾开放了，它叫道："亲爱的世界呀，请不要萎谢了。"

六七

神对于那些大帝国会感到厌恶，却决不会厌恶那些小小的花朵。

名师批注

错误是经不起检验的，只要仔细检验，就会发现错误的存在，因此，错误是经不起失败的。然而，真理是经过岁月累积下来的真知，是实实在在存在着的，经得起推敲与时间的考验，因此它是不会失败的。

六八

错误经不起失败，但是真理却不怕失败。

六九

瀑布歌唱道：“虽然口渴者只要少许的水便足够了，但我却很快活地给予了我全部的水。”

七十

把那些花朵抛掷上去的那一阵子无休无止的狂欢大喜的劲儿，其源泉是在哪里呢？

七一

樵夫的斧头，问树要斧柄。

树便给了他。

七二

这寡独的黄昏，幕着雾与雨，我在我心的孤寂里，感觉到它的叹息。

七三

贞操是从丰富的爱情中生出来的财富。

七四

雾，像爱情一样，在山峰的心上游戏，生出种种美丽的变幻。

七五

我们把世界看错了，反说它欺骗了我们。

七六

诗人——飙风，正出经海洋森林，追求它自己的歌声。

七七

每一个孩子出生时都带来信息说：“神对人并未灰心失望。”

七八

绿草求她地上的伴侣。
树木求他天空的寂寞。

七九

人对他自己建筑起堤防来。

八十

我的朋友，你的语声飘荡在我的心里，像那海水的低吟声缭绕在静听着的松林之间。

八一

这个不可见的黑暗之火焰，以繁星为其火花的，到底是什么呢？

八二

使生如夏花之绚烂，死如秋叶之静美。

名师批注

以夏花比喻生命，秋叶喻为死亡。生命应该如夏花一样用饱满的精力去创造生命之花，是生命富有活力与存在的意义；然而生命终结之时，应该用大智慧来迎接这种自然规律，如秋叶般之静美，这是智者对茫茫宇宙中渺小自身的精确定位。

八三

那想做好人的，在门外敲着门；那爱人的，看见门敞开着。

八四

在死的时候，众多合而为一；在生的时候，一化为众多。

神死了的时候，宗教便将合而为一。

八五

艺术家是自然的情人，所以他是自然的奴隶，也是自然的主人。

名师批注

艺术灵感的源泉来源于大自然。艺术家与大自然的关系亲密且心心相通。所以，艺术家主宰着对大自然的呈现，也被大自然的一切所臣服，他们的存在是相互的。

八六

“你离我有多远呢，果实呀？”

“我藏在你心里呢，花呀。”

八七

这个渴望是为了那个在黑夜里感觉得到，在

大白天里却看不见的人。

八八

露珠对湖水说道："你是在荷叶下面的大露珠，我是在荷叶上面的较小的露珠。"

八九

刀鞘保护刀的锋利，它自己则满足于它的迟钝。

九十

在黑暗中，"一"视如一体；在光亮中，"一"便视如众多。

九一

大地借助于绿草，显出她自己的殷勤好客。

九二

绿叶的生与死乃是旋风急骤的旋转，它更广大的旋转的圈子乃是在天上繁星之间徐缓的转动。

九三

权势对世界说道：“你是我的。”

世界便把权势囚禁在她的宝座下面。

爱情对世界说道：“我是你的。”

世界便给予爱情在它屋内来往的自由。

九四

浓雾仿佛是大地的愿望。

它藏起了太阳，而太阳原是她所呼求的。

九五

安静些吧，我的心，这些大树都是祈祷者呀。

九六

瞬刻的喧声，讥笑着永恒的音乐。

名师批注
运用了对比的写作手法，以喧嚣声对比音乐，寓意美好的东西有时其实是丑陋的，最朴实的东西才是最美好的。

九七

我想起了浮泛在生与爱与死的川流上的许多别的时代，以及这些时代之被遗忘，我便感觉到离开尘世的自由了。

九八

我灵魂里的忧郁就是她新婚的面纱。

这面纱等候着在夜间卸去。

九九

死之印记给生的钱币以价值，使它能够用生命来购买那真正的宝物。

一〇〇

白云谦逊地站在天之一隅。

晨光给它戴上了霞彩。

新月集

家庭

我独自在横跨过田地的路上走着，夕阳像一个守财奴似的，正藏起它最后的金子。

白昼更加深沉地投入黑暗之中，那已经收割了的孤寂的田地，默默地躺在那里。

天空里突然升起了一个男孩子的尖锐的歌声。他穿过看不见的黑暗，留下他的歌声的辙痕跨过黄昏的静谧。

他的乡村的家坐落在荒凉的土地边上，在甘蔗田的后面，躲藏在香蕉树，瘦长的槟榔树、椰子树和深绿色的贾克果树的阴影里。

我在星光下独自走着的路上停留了一会儿，我看见黑沉沉的大地展开在我的面前，用她的手臂拥抱着无数的家庭，在那些家庭里有着摇篮和床铺，母亲们的心和夜晚的灯，还有年轻的生命，他们满心欢乐，却浑然不知这样的欢乐对于世界的价值。

名师批注

诗人对家庭的渴望洋溢在字里行间。可是，通往家庭的路对诗人来说是那么迷惘。当小男孩的歌声指引着诗人看到温馨的家庭画面时，他终于醒悟到：每一个行者，生命的终程便是家庭。那里有着无限的爱、无限的欢乐和无限的幸福。

孩童之道

只要孩子愿意，他此刻便可飞上天去。

他之所以不离开我们，并不是没有缘故。

他爱把他的头倚在妈妈的胸间，他即使是一刻不见她，也是不行的。

孩子知道各式各样的聪明话，虽然世间的人很少懂得这些话的意义。

他之所以永不想说，并不是没有缘故。

他所要做的一件事，就是要学习从妈妈的嘴唇里说出来的话。那就是他所以看来这样天真的缘故。

孩子有成堆的黄金与珠子，但他来到这个世界，却像一个乞丐。

他之所以这样假装起来，并不是没有缘故。

这个可爱的小小的裸着身体的乞丐，所以假装着完全无助的样子，便是想要乞求妈妈的爱的财富。

孩子在纤小的新月的世界里，是一切束缚都没有的。

他之所以放弃了他的自由，并不是没有缘故。

他知道有无穷的快乐藏在妈妈的心中小小的一隅里，被妈妈亲爱的手臂所拥抱，其甜美远胜过自由。

孩子永不知道如何哭泣。他所住的是完全的乐土。

他之所以要流泪，并不是没有缘故。

虽然他用了可爱的脸上的微笑，引逗得他妈妈的热切的心向着他，然而他因为细故而发的小小的哭声，却编成了怜与爱的双重约束的带子。

不被注意的花饰

啊，谁给那件小外衫染上颜色的，我的孩子，谁给你温软的肢体穿上那件红色小外衫的？

你在早晨就跑出来到天井里玩儿，你，跑着就像摇摇欲跌似的。

但是谁给那件小外衫染上颜色的，我的孩子？

什么事叫你大笑起来的，我的小小的命芽儿？

妈妈站在门边，微笑地望着你。

她拍着双手，她的手镯叮当响着，你手里拿着你的竹竿儿在跳舞，活像一个小小的牧童。

但是什么事叫你大笑起来的，我的小小的命芽儿？

喔，乞丐，你双手攀搂住妈妈的头颈，要乞讨些什么？

名师批注

诗人用设问的形式表达出父母对孩子毫无保留的爱。在诗的末尾，诗人还提到了风、太阳、天空等自然景物，以及梦婆、世界母亲、向星星奏乐的人等幻想的人，深刻地表现出诗人对美好生活的向往与追求，对自然的热爱、对家乡的热爱。

喔，贪得无厌的心，要我把整个世界从天上摘下来，像摘一个果子似的，把它放在你的一双小小的玫瑰色的手掌上吗？

喔，乞丐，你要乞讨些什么？

风高兴地带走了你踝铃的叮当。

太阳微笑着，望着你的打扮。

当你睡在你妈妈的臂弯里时，天空在上面望着你，而早晨蹑手蹑脚地走到你的床跟前，吻着你的双眼。

风高兴地带走了你踝铃的叮当。

仙乡里的梦婆飞过朦胧的天空，向你飞来。

在你妈妈的心头上，那世界母亲，正和你坐在一块儿。

他，向星星奏乐的人，正拿着他的横笛，站在你的窗边。

仙乡里的梦婆飞过朦胧的天空，向你飞来。

偷睡眠者

谁从孩子的眼里把睡眠偷了去呢？我一定要知道。

妈妈把她的水罐挟在腰间，走到近村汲水去了。

这是正午的时候，孩子们游戏的时间已经过

去了，池中的鸭子沉默无声。

牧童躺在榕树的荫下睡着了。

白鹤庄重而安静地立在芒果树边的泥泽里。

就在这个时候，偷睡眠者跑来从孩子的两眼里捉住睡眠，便飞去了。

当妈妈回来时，她看见孩子四肢着地地在屋里爬着。

谁从孩子的眼里把睡眠偷了去呢？我一定要知道。我一定要找到她，把她锁起来。

我一定要向那个黑洞里张望，在这个洞里，有一道小泉从圆的有皱纹的石上滴下来。

我一定要到醉花林中的沉寂的树影里搜寻。在这林中，鸽子在它们住的地方咕咕地叫着，仙女的脚环在繁星满天的静夜里叮当地响着。

我要在黄昏时，向静静的萧萧的竹林里窥望，在这林中，萤火虫闪闪地耗费它们的光明，只要遇见一个人，我便要问他："谁能告诉我偷睡眠者住在什么地方？"

谁从孩子的眼里把睡眠偷了去呢？我一定要知道。

只要我能捉住她，怕不会给她一顿好教训！

我要闯入她的巢穴，看她把所有偷来的睡眠藏在什么地方。

我要把它都夺来，带回家去。

我要把她的双翼缚得紧紧的，把她放在河边，然后叫她拿一根芦苇在灯心草和睡莲间钓鱼为戏。

黄昏，街上已经收了市，村里的孩子们都坐在妈妈的膝上时，夜鸟便会讥笑地在她耳边说："你现在还想偷谁的睡眠呢？"

开始

名师批注

生命是如何开始的？在诗人看来，生命是从爱情、希望中开始的。每一个生命的开始都承载着父母的期望与心灵寄托，甚至是整个家庭灵魂的关键所在。

"我是从哪儿来的,你在哪儿把我捡起来的？"孩子问他的妈妈说。

她把孩子紧紧地搂在胸前，半哭半笑地答道：

"你曾被我当作心愿藏在我的心里,我的宝贝。

"你曾存在于我孩童时代玩的泥娃娃身上；每天早晨我用泥土塑造我的神像，那时我反复地塑了又捏碎了的就是你。

"你曾和我们的家庭守护神一同受到祀奉，我崇拜家神时也就崇拜了你。

"你曾活在我所有的希望和爱情里，活在我的生命里，我母亲的生命里。

"在主宰着我们家庭的不死的精灵的膝上，你已经被抚育了好多代了。

"当我做女孩子的时候，我的心的花瓣儿张开，你就像一股花香似地散发出来。

"你软软的温柔，在我的青春的肢体上开花了，像太阳出来之前天空中的一片曙光。

“上天的第一宠儿，晨曦的孪生兄弟，你从世界的生命的溪流浮泛而下，终于停泊在我的心头。

“当我凝视你的脸蛋儿的时候，神秘之感湮没了我；你这属于一切人的，竟成了我的。

“为了怕失掉你，我把你紧紧地搂在胸前。是什么魔术把这世界的宝贝引到我这双纤小的手臂里来的呢？”

孩子的世界

我愿我能在我孩子的自己的世界的中心，占一角清净地。

我知道有星星同他说话，天空也在他面前垂下，用它傻傻的云朵和彩虹来愉悦他。

那些大家以为他是哑的人，那些看去像是永不会走动的人，都带了他们的故事，捧了满装着五颜六色的玩具的盘子，匍匐地来到他的窗前。

我愿我能在横过孩子心中的道路上游行，解脱一切的束缚；

在那儿，使者奉了无所谓的使命奔走于无史的诸王的王国间；

在那儿，理智以它的法律造为纸鸢而放飞，真理也使事实从桎梏中自由了。

责备

名师批注

在诗人的眼里，孩子本应该是无忧无虑地享受童趣的，但是太多的条条框框与责备束缚了孩子们的天性，使得他们失去了天真烂漫的时光。诗人用几组排比句，颇有气势地阐述了对这种严苛戒条的不满。

为什么你眼里有了眼泪，我的孩子？

他们真是可怕，常常无谓地责备你！

你写字时墨水玷污了你的手和脸——这就是他们所以骂你龌龊的缘故吗？

呵，呸！他们也敢因为圆圆的月儿用墨水涂了脸，便骂它龌龊吗？

他们总要为了每一件小事去责备你，我的孩子。他们总是无谓地寻人错处。

你游戏时扯破了你的衣服——这就是他们说你不整洁的缘故吗？

呵，呸！秋之晨从它破碎的云衣中露出微笑，那么，他们要叫它什么呢？

他们对你说的话，尽管可以不去理睬，我的孩子。

他们把你做错的事长长地记了一笔账。

谁都知道你是十分喜欢糖果的——这就是他们之所以称你贪婪的缘故吗？

呵，呸！我们是喜欢你的，那么，他们要叫我们什么呢？

审判官

你想说他什么尽管说吧，但是我知道我孩子的短处。

我爱他并不因为他好，只是因为他是我的小小的孩子。

你如果把他的好处与坏处权衡一下，恐怕你就会知道他是如何的可爱呢?

当我必须责罚他的时候，他更成为我的生命的一部分了。

当我使他眼泪流出时，我的心也和他同哭了。

只有我才有权去骂他，去责罚他，因为只有热爱人的才可以惩戒人。

玩 具

孩子，你真是快活呀，一早晨坐在泥土里，耍着折下来的小树枝儿。

我微笑地看你在那里耍弄那根折下来的小树枝儿。

我正忙着算账，一小时一小时在那里加叠数字。

也许你在看我，心想："这种好没趣的游戏，竟把你一早晨的好时间浪费掉了！"

孩子，我忘了聚精会神玩耍树枝与泥饼的方法了。

我寻求贵重的玩具，收集金块与银块。

你呢，无论找到什么便去做你的快乐游戏；我呢，却把我的时间与力气都浪费在那些我永不能得到的东西上。

我在我的脆薄的独木船里挣扎着，要航过欲望之海，竟忘了我也是在那里做游戏了。

天文家

我只不过说："当傍晚圆圆的满月挂在迦昙波的枝头时，有人能去捉住它吗？"

哥哥却对我笑道："孩子呀，你真是我所见到的顶顶傻的孩子。月亮离我们那么远，谁能去捉住它呢？"

我说："哥哥，你真傻！当妈妈向窗外探望，微笑着往下看我们游戏时，你也能说她远吗？"

哥哥还是说："你这个傻孩子！但是，孩子，你到哪里去找一个大得能逮住月亮的网呢？"

我说："你自然可以用双手去捉住它呀。"

但是哥哥还是笑着说："你真是我所见到的顶

知识链接 迦昙波：意译"白花"即昙花。

名师批注

诗人向人们展示了一个独特的、奇妙的纯真世界，令人们不知不觉地想起那段有关自己童年的美好回忆。人们是用两种方式来认识自然界的：一是理性思维，另一种则是感性思维。理性思维会受到科学知识的限制与束缚；而感性思维则是通过无限的想象来完成的。孩子们的世界充满着对未知世界的幻想。诗人紧紧抓住这一点，用细腻的笔触，把人们带入到一个纯真的世界。

顶傻的孩子！如果月亮走近了，你便知道它是多么大了。”

我说：“哥哥，你们学校里所教的，真是没有用呀！当妈妈低下脸亲吻我们时，她的脸看来也是很大的吗？”

但是哥哥还是说：“你真是一个傻孩子。”

云与波

妈妈，住在云端的人对我唤道——

“我们从醒的时候游戏到白日终止。

“我们与黄金色的曙光游戏，我们与银白色的月亮游戏。”

我问道：“但是，我怎么能够上你那里去呢？”

他们答道：“你到地球的边上来，举手向天，就可以被接到云端里来了。”

“我妈妈在家里等我呢，”我说，“我怎么能离开她而来呢？”

于是他们微笑着浮游而去。

但是我知道一件比这更好的游戏，妈妈。

我做云，你做月亮。

我用两只手遮盖你，我们的屋顶就是青碧的天空。

住在波浪上的人对我唤道——

"我们从早晨唱歌到晚上；我们前进又前进地旅行，也不知我们所经过的是什么地方。"

我问道："但是，我怎么才能加入到你们的队伍里去呢？"

他们告诉我说："来到岸旁，站在那里，紧闭你的两眼，你就被带到波浪上来了。"

我说："傍晚的时候，我妈妈常要我在家里——我怎么能离开她而去呢！"

于是他们微笑着，跳舞着奔流过去。

但是我知道一件比这更好的游戏。

我是波浪，你是陌生的岸。

我奔流而进，进，进，笑哈哈地撞碎在你的膝上。

世界上就没有一个人会知道我们俩在什么地方。

金色花

假如我变了一朵金色花，只是为了好玩，长在那棵树的高枝上，笑嘻嘻地在风中摇摆，又在新生的树叶上跳舞，妈妈，你会认识我吗？

你要是叫道："孩子，你在哪里呀？"我暗暗地在那里匿笑，却一声不响。

我要悄悄地开放花瓣儿，看着你工作。

知识链接 金色花：金色花又译作"瞻波伽"或"占波"，印度圣树，木兰花属植物，开金黄色碎花。

名师批注

诗人用花比喻孩子，金黄色的色彩正是母性的光辉。《金色花》的篇幅短小，却意蕴丰富，表现了家庭之爱和人类天性的美好与圣洁。

当你沐浴后，湿发披在两肩，穿过金色花的林荫，走到你做祷告的小庭院时，你会嗅到这花香，却不知道这香气是从我身上来的。

当你吃过中饭，坐在窗前读《罗摩衍那》，那棵树的阴影落在你的头发与膝上时，我便要将我小小的影子投在你的书页上，正投在你所读的地方。

但是你会猜得出这就是你孩子的小小影子吗?

当你黄昏时拿了灯到牛棚里去，我便要突然地再落到地上来，又成了你的孩子，求你讲个故事给我听。

“你到哪里去了，你这坏孩子？”

“我不告诉你，妈妈。”这就是你同我那时所要说的话了。

➡知识链接《罗摩衍那》：梵语，意思为“罗摩的历险经历”，与《摩诃婆罗多》并列为印度两大史诗。《罗摩衍那》在印度文学史上被称为最初的诗，是一部叙事诗。它描写的是罗摩与妻子悉多悲欢离合的故事。罗摩是诗中主角，为了履行对父亲的诺言，维持兄弟间的友爱，他抛弃了继承王位的权利，和妻子在森林中生活了14年。

仙人世界

如果人们知道了我的国王的宫殿在哪里，它就会消失在空气中的。

墙壁是白色的银，屋顶是耀眼的黄金。

皇后住在有七个庭院的宫苑里；她戴的一串珠宝，值整整七个王国的全部财富。

不过，让我悄悄地告诉你，妈妈，我的国王

的宫殿究竟在哪里。

它就在我们阳台的角上，在那栽着杜尔茜花的花盆放着的地方。

公主躺在远远的隔着七个不可逾越的重洋的那一岸沉睡着。

除了我自己，世界上便没有人能够找到她。

她臂上有镯子，她耳上挂着珍珠，她的头发拖到地板上。

当我用我的魔杖点触她的时候，她就会醒过来，而当她微笑时，珠玉将会从她唇边落下来。

不过，让我在你的耳朵边悄悄地告诉你，妈妈，她就住在我们阳台的角上，在那栽着杜尔茜花的花盆放着的地方。

当你要到河里洗澡的时候，你走上屋顶的那座阳台来吧。

我就坐在墙的阴影所聚会的一个角落里。

我只让小猫儿跟我在一起，因为它知道那故事里的理发匠住的地方。

不过，让我在你的耳朵边悄悄地告诉你，那故事里的理发匠到底住在哪里。

他住的地方，就在阳台的角上，在那栽着杜尔茜花的花盆放着的地方。

流放的地方

妈妈，天空上的光成了灰色了；我不知道是什么时候了。

我玩得怪没劲儿的，所以到你这里来了。这是星期六，是我们的休息日。

放下你的活计，妈妈，坐在靠窗的一边，告诉我童话里的特潘塔沙漠在什么地方？

雨的影子遮掩了整个白天。

凶猛的电光用它的爪子抓着天空。

当乌云在轰轰地响着，天打着雷的时候，我总爱心里带着恐惧爬伏到你的身上。

当大雨倾泻在竹叶子上好几个钟头，而我们的窗户被狂风震得格格发响的时候，我就爱独自和你坐在屋里，妈妈，听你讲童话里的特潘塔沙漠的故事。

它在哪里，妈妈？在哪一个海洋的岸上，在哪些个山峰的脚下，在哪一个国王的国土里？

田地上没有此疆彼壤的界石，也没有村人在黄昏时走回家的，或妇人在树林里捡拾枯枝而捆载到市场上去的道路。沙地上只有一小块一小块的黄色草地，只有一株树，就是那一对聪明的老鸟儿在那里做窝的，那个地方就是特潘塔沙漠。

名师批注

对未知世界的好奇，对幸福生活的追求和向往，是每一个孩子乃至每一个人与生俱来的渴望。诗人用充满深情的语调向我们叙说着对爱的渴望。

我能想象得到，就在这样一个乌云密布的日子，国王的年轻的儿子，是如何独自骑着一匹灰色马，走过这个沙漠，去寻找那被囚禁在不可知的重洋之外的巨人宫里的公主。

当雨雾在遥远的天空下降，电光像一阵突然发作的痛楚的痉挛似地闪射的时候，他可记得他的不幸的母亲，为国王所弃，正在打扫牛棚，眼里流着眼泪，当他骑马走过童话里的特潘塔沙漠的时候？

看，妈妈，一天还没有完，天色就差不多黑了，那边村庄的路上没有什么旅客了。

牧童早就从牧场上回家了，人们都已从田地里回来，坐在他们草屋檐下的草席上，眼望着阴沉的云块。

妈妈，我把我所有的书本都放在书架上了——不要叫我现在做功课。

当我长大了，大得像爸爸一样的时候，我将会学到必须学到的东西。

但是，今天你可得告诉我，妈妈，童话里的特潘塔沙漠在什么地方？

雨天

乌云很快地集拢在森林黝黑的边缘上。

孩子，不要出去呀！

湖边的一行棕树，向暝暗的天空撞着头；羽毛零乱的乌鸦，静悄悄地栖在罗望子树的枝上，河的东岸正被乌沉沉的暝色所侵袭。

我们的牛系在篱上，高声鸣叫。

孩子,在这里等着,等我先把牛牵进牛棚里去。

许多人都挤在池水泛溢的田间，捉那从泛溢的池中逃出来的鱼儿，雨水成了小河，流过狭街，好像一个嬉笑的孩子从他妈妈那里跑开，故意要恼她一样。

听呀，有人在浅滩上喊船夫呢。

孩子，天色暝暗了，渡头的摆渡船已经停了。

天空好像是在滂沱的雨上快跑着；河里的水喧叫而且暴躁；妇人们早已拿着汲满了水的水罐，从恒河畔匆匆地回家了。

夜里用的灯，一定要预备好。

孩子，不要出去呀！

到市场去的大道已没有人走，到河边去的小路又很滑。风在竹林里咆哮着，挣扎着，好像一只落在网中的野兽。

纸　船

我每天把纸船一个个放在急流的溪中。

名师批注

这首诗描写的是一个儿童对世界、对自然的发现与感悟，诗中所呈现出的童趣与童真饶有诗意。

我用大黑字写我的名字和我住的村名在纸船上。

我希望住在异地的人会得到这纸船，知道我是谁。

我把园中长的秀利花载在我的小船上，希望这些黎明开的花能在夜里被平平安安地带到岸上。

我把我的纸船投到水里，仰望天空，看见小朵的云正张着满鼓着风的白帆。

我不知道天上有我的什么游伴把这些船放下来同我的船比赛！

夜来了，我的脸埋在手臂里，梦见我的纸船在子夜的星光下缓缓地浮泛向前。

睡仙坐在船里，带着满载着梦的篮子。

水手

船夫曼特胡的船只停泊在拉琪根琪码头。

这只船无用地装载着黄麻，无所事事地停泊在那里已经好久了。

只要他肯把他的船借给我，我就给它安装一百只桨，扬起五个或六个或七个布帆来。

我决不把它驾驶到愚蠢的市场上去。

我将航遍仙人世界里的七个大海和十三条河道。

但是，妈妈，你不要躲在角落里为我哭泣。

我不会像罗摩犍陀罗似的，到森林中去，一去十四年才回来。

我将成为故事中的王子，把我的船装满了我所喜欢的东西。

我将带我的朋友阿细和我做伴，我们要快快乐乐地航行于仙人世界里的七个大海和十三条河道。

我将在绝早的晨光里扬帆航行。

中午，你正在池塘里洗澡的时候，我们将在一个陌生的国王的国土上了。

我们将经过特浦尼浅滩，把特潘塔沙漠抛落在我们的后边。

当我们回来的时候，天色快黑了，我将告诉你我们所见到的一切。

我将越过仙人世界里的七个大海和十三条河道。

知识链接　罗摩犍陀罗即罗摩，十车王之子。他于第二世入世，为毗湿奴神第七化身。印度人视他为英雄。他是印度叙事诗《罗摩衍那》中的男主角。

对岸

我渴望到河的对岸去。

在那边，好些船只一行儿系在竹竿上；

人们在早晨乘船渡过那边去，肩上扛着犁头，去耕耘他们远处的田；

在那边，牧人使他们鸣叫着的牛游泳到河旁的牧场去；

黄昏的时候，他们都回家了，只留下豺狼在这长满着野草的岛上哀叫。

妈妈，如果你不在意，我长大的时候，要做这渡船的船夫。

据说有好些古怪的池塘藏在这个高岸之后。

雨过去了，一群一群的野鹜飞到那里去。茂盛的芦苇在岸边四围生长，水鸟在那里生蛋；

竹鸡带着跳舞的尾巴，将它们细小的足印印在洁净的软泥上；

黄昏的时候，长草顶着白花，邀月光在长草的波浪上浮游。

妈妈，如果你不在意，我长大的时候，要做这渡船的船夫。

我要自此岸至彼岸，渡过来，渡过去，所有村中正在那儿沐浴的男孩女孩，都要诧异地望着我。

太阳升到中天，早晨变为正午了，我将跑到你那里去，说道："妈妈，我饿了！"

一天完了，影子俯伏在树底下，我便要在黄昏中回家来。

我将永不同爸爸那样，离开你到城里去做事。

妈妈，如果你不在意，我长大的时候，要做这渡船的船夫。

花的学校

当雷云在天上轰响，六月的阵雨落下的时候，

润湿的东风走过荒野，在竹林中吹着口笛。

于是一群一群的花从无人知道的地方突然跑出来，在绿草上狂欢地跳着舞。

妈妈，我真的觉得那群花朵是在地下的学校里上学。

他们关了门做功课，如果他们想在放学以前出来游戏，他们的老师是要罚他们站壁角的。

雨一来，他们便放假了。

树枝在林中互相碰触着，绿叶在狂风里萧萧地响着，雷云拍着大手。这时花孩子们便穿了紫的、黄的、白的衣裳，冲了出来。

你可知道，妈妈，他们的家是在天上，在星星所住的地方。

你没有看见他们怎样地急着要到那儿去吗？你不知道他们为什么那样急急忙忙吗？

我自然能够猜得出他们是对谁扬起双臂来：他们也有他们的妈妈，就像我有我自己的妈妈一样。

商人

名师批注

孩子离开母亲的怀抱便是自由的个体。他任意决定自己未来的道路。孩子以为给母亲的最好回报是物质、是财富。可是，他哪里明白母亲最需要的不是一个人在家，而是孩子的陪伴！诗人用象征性的写作手法，道出了人类关系中最为常见的一种现象——忙于走自己的路，已经忘记、忽略了自己的亲人最需要什么。

妈妈，让我们想象，你待在家里，我到异邦去旅行。

再想象，我的船已经装得满满的，在码头上等候启碇了。

现在，妈妈，你想一想再告诉我，回来的时候我要带些什么给你。

妈妈，你要一堆一堆的黄金吗？

在金河的两岸，田野里全是金色的稻实。

在林荫的路上，金色花也一朵一朵地落在地上。

我要为你把它们全都收拾起来，放在好几百个篮子里。

妈妈，你要秋天的雨点一般大的珍珠吗？

我要渡海到珍珠岛的岸上去。

那个地方，在清晨的曙光里，珠子在草地的野花上颤动，珠子落在绿草上，珠子被汹狂的海浪一大把一大把地撒在沙滩上。

我的哥哥呢，我要送他一对有翼的马，会在云端飞翔的。

爸爸呢，我要带一支有魔力的笔给他，他还没有感觉到，笔就写出字来了。

你呢，妈妈，我一定要把那个值七个王国的首饰箱和珠宝送给你。

同情

如果我只是一只小狗，而不是你的小孩，亲爱的妈妈，当我想吃你的盘里的东西时，你要向我说“不”吗？

你要赶开我，对我说“滚开，你这淘气的小狗”吗？

那么，走吧，妈妈，走吧！当你叫唤我的时候，我就永不到你那里去，也永不要你再喂我吃东西了。

如果我只是一只绿色的小鹦鹉，而不是你的小孩，亲爱的妈妈，你要把我紧紧地锁住，怕我飞走吗？

你要对我摇你的手说“怎么这样一个不知感恩的鸟呀！整日整夜地尽在咬它的链子”吗？

那么，走吧，妈妈，走吧！我要跑到树林里去；我就永不再让你抱我在你的臂里了。

职 业

早晨，钟敲十下的时候，我沿着我们的小巷到学校去。

每天我都遇见那个小贩，他叫道：“镯子呀，亮晶晶的镯子！”

他没有什么事情急着要做，他没有哪条街一定要走，他没有什么地方一定要去，他没有什么规定的时间一定要回家。

我愿意我是一个小贩，在街上过日子，叫着：“镯子呀，亮晶晶的镯子！”

下午四点，我从学校里回家。

路过一家门口，我看见一个园丁在那里掘地。

他用他的锄子，要怎么掘，便怎么掘，他被尘土污了衣裳，如果他被太阳晒黑了或是身上被打湿了，都没有人骂他。

我愿意我是一个园丁，在花园里掘地。谁也不来阻止我。

天色刚黑，妈妈就送我上床。

从开着的窗口，我看得见更夫走来走去。

小巷又黑又冷清，路灯立在那里，像一个头上生着一只红眼睛的巨人。

更夫摇着他的提灯，跟他身边的影子一起走

着，他一生一次都没有上床去过。

我愿意我是一个更夫，整夜在街上走，提了灯去追逐影子。

长者

妈妈，你的孩子真傻！她是那么可笑地不懂事！

她不知道路灯和星星的区别。

当我们玩着把小石子当食物的游戏时，她便以为它们真是吃的东西，竟想放进嘴里去。

当我翻开一本书，放在她面前，要她读 a、b、c 时，她却用手把书页撕了，无端快活地叫起来，你的孩子就是这样做功课的。

当我生气地对她摇头，骂她，说她顽皮时，她却哈哈大笑，以为很有趣。

谁都知道爸爸不在家，但是，如果我在游戏时高喊一声“爸爸”，她便要高兴地四面张望，以为爸爸真在身边。

当我把洗衣人带来的运载衣服回去的驴子当作学生，并且警告她说，我是老师时，她却无缘无故地乱叫起我哥哥来。

你的孩子要捉月亮。

她是这样的可笑；她把格尼许唤作琪奴许。

知识链接 格尼许：他是毁灭之神湿婆的儿子，象头人身。同时，这也是现代印度人喜欢用来做名字的第一个字。

妈妈，你的孩子真傻，她是那么可笑地不懂事！

小大人

名师批注

诗人用孩子的视角展现出孩子对成人世界的向往，并用孩子的视角真实地再现了每一个孩子在童年时代的迫切愿望——成长为一个大人。

我人很小，因为我是一个小孩子，到了我像爸爸一样的年纪时，便要变大了。

我的老师要是走来说道："时候晚了，把你的石板、你的书拿来。"

我便要告诉他道："你不知道我已经同爸爸一样大了吗？我决不再学什么功课了。"

我的老师便将惊异地说道："他读不读书可以随便，因为他是大人了。"

我将自己穿衣裳，走到人群拥挤的市场里去。

我的叔叔要是跑过来说道："你要迷路了，我的孩子，让我领着你吧。"

我便要回答道："你没有看见吗，叔叔，我已经同爸爸一样大了？我决定要独自一个人到市场里去。"

叔叔便将说道："是的，他随便到哪里去都可以，因为他是大人了。"

当我正拿钱给我保姆时，妈妈便要从浴室中出来，因为我知道怎样用我的钥匙去开银箱的。

妈妈便要说道："你在做什么呀，顽皮的孩

子？”

我便要告诉她道：“妈妈，你不知道我已经同爸爸一样大了吗？我必须拿钱给保姆。”

妈妈便将自言自语道：“他可以随便把钱给他所喜欢的人，因为他是大人了。”

当十月里放假的时候，爸爸将要回家，他会以为我还是一个小孩子，为我从城里带了小鞋子和小绸衫来。

我便要说道：“爸爸，把这些东西给哥哥吧，因为我已经同你一样大了。”

爸爸便将想一想，说道：“他可以随便去买他自己穿的衣裳，因为他是大人了。”

十二点钟

妈妈，我真想现在不做功课了。我整个早晨都在念书呢。

你说，现在还不过是十二点钟。假定不会晚过十二点吧，难道你不能把不过是十二点钟想象成下午吗？

我能够容易地想象：现在太阳已经到了那片稻田的边缘上了，老态龙钟的渔婆正在池边采撷香草做她的晚餐。

我闭上了眼就能够想到，马塔尔树下的阴影

更深黑了，池塘里的水看来黑得发亮。

假如十二点钟能够在黑夜里来到，为什么黑夜不能在十二点钟的时候来到呢？

著作家

你说爸爸写了许多书，但我却不懂得他所写的东西。

他整个黄昏读书给你听，但是你真的懂他的意思吗？

妈妈，你给我们讲的故事，真是好听呀！我很奇怪，爸爸为什么不能写那样的书呢？

难道他从来没有从他自己的妈妈那里听过巨人、神仙和公主的故事吗？

还是已经完全忘记了？

他常常耽误了沐浴，你不得不走去叫他一百多次。

你总要等候着，把他的菜温着等他，但他忘了，还尽管写下去。

爸爸老是以著书为游戏。

如果我一走进爸爸房里去游戏，你就要走来叫道：“真是一个顽皮的孩子！”

如果我稍微发出一点声音，你就要说：“你没有看见你爸爸正在工作吗？”

老是写了又写，有什么趣味呢？

当我拿起爸爸的钢笔或铅笔，像他一模一样地在他的书上写着a、b、c、d、e、f、g、h、i——那时，你为什么跟我生气呢，妈妈？

爸爸写作时，你却从来不说一句话。

当我爸爸耗费了那么一大堆纸时，妈妈，你似乎全不在乎。

但是，如果我只取了一张纸去做一只船，你却要说："孩子，你真讨厌！"

你对于爸爸拿黑点子涂满了纸的两面，污损了许多许多张纸，心里怎么想的呢？

恶邮差

你为什么坐在那地板上不言不动的，告诉我呀，亲爱的妈妈？

雨从开着的窗口打进来了，把你身上全打湿了，你却不管。

你听见钟已敲了四下了吗？正是哥哥从学校里回家的时候了。

到底发生了什么事，你的神色这样不对？

你今天没有接到爸爸的信吗？

我看见邮差带了许多信来，几乎镇里的每个人都分送到了。

名师批注

这首诗文字流畅、内容丰富活泼、充满趣味。这虽然是一首儿童诗，但是蕴含的情感却深刻缠绵，是对父亲回归的呼喊，也是为母亲担忧的情深意切。

只有爸爸的信，他留起来给他自己看。我确信这个邮差是个坏人。

但是不要因此不乐呀，亲爱的妈妈。

明天是邻村市集的日子。你叫女仆去买些笔和纸来。

我自己会写爸爸所写的一切信，使你找不出一点错处来。

我要从 A 一直写到 K。

但是，妈妈，你为什么笑呢？

你不相信我能写得同爸爸一样好？

但是我将用心画格子，把所有的字母都写得又大又美。

当我写好了时，你以为我也像爸爸那样傻，把它投入可怕的邮差的袋中吗？

我立刻就自己送来给你，而且一个字母、一个字母地帮助你读。

我知道那邮差是不肯把真正的好信送给你的。

英雄

妈妈，让我们想象我们正在旅行，经过一个陌生而危险的国土。

你坐在一顶轿子里，我骑着一匹红马，在你旁边跑着。

是黄昏的时候，太阳已经下山了。约拉地希的荒地疲乏而灰暗地展开在我们面前，大地是凄凉而荒芜的。

你害怕了，心想："我不知道我们到了什么地方了。"

我对你说道："妈妈，不要害怕。"

草地上刺蓬蓬地长着针尖似的草，一条狭而崎岖的小道通过这块草地。

在这片广大的地面上看不见一只牛；它们已经回到它们村里的牛棚去了。

天色黑了下来，大地和天空都显得朦朦胧胧的，而我们不能说出我们正走向何处。

突然间，你叫我，悄悄地问我道："靠近河岸的是什么火光呀？"

正在那个时候，一阵可怕的呐喊声爆发了，好些人的影子向我们跑了过来。

你蹲坐在你的轿子里，嘴里反复地祷念着神的名字。

轿夫们，怕得发抖，躲藏在荆棘丛中。

我向你喊道："不要害怕，妈妈，有我在这里。"

他们手里执着长棒，头发披散着，越走越近了。

我喊道："要当心！你们这些坏蛋！再向前走一步，你们就要送命了。"

他们又发出一阵可怕的呐喊声，向前冲过来。

你抓住我的手，说道："好孩子，看在上天面上，躲开他们吧。"

我说道："妈妈，你瞧我的。"

于是我骑着我的马匹，猛奔过去，我的剑和盾彼此碰着作响。

这一场战斗是那么激烈，妈妈，如果你从轿子里看得见的话，你一定会发冷战的。

他们之中，许多人逃走了，还有好些人被砍杀了。

我知道你那时独自坐在那里，心里正在想着，你的孩子这时候一定已经死了。

但是我跑到你的跟前，浑身溅满了鲜血，说道："妈妈，现在战争已经结束了。"

你从轿子里走出来，吻着我，把我搂在你的心头，你自言自语地说道：

"如果没有我的孩子护送我，我简直不知道怎么办才好。"

一千件无聊的事天天在发生，为什么这样一件事不能够偶然实现呢？

这很像一本书里的一个故事。

我的哥哥说道："这是可能的事吗？我老是在想，他是那么嫩弱呢！"

我们村里的人们都要惊讶地说道："这孩子正和他妈妈在一起，这不是很幸运吗？"

告别

是我走的时候了，妈妈，我走了。

当清寂的黎明，你在暗中伸出双臂，要抱你睡在床上的孩子时，我要说道："孩子不在那里呀！"——妈妈，我走了。

我要变成一股清风抚摩着你；我要变成水中的涟漪，当你沐浴时，把你吻了又吻。

大风之夜，当雨点在树叶中淅沥时，你在床上，会听见我的微语；当电光从开着的窗口闪进你的屋里时，我的笑声也偕了它一同闪进了。

如果你醒着躺在床上，想你的孩子直到深夜，我便要从星空向你唱道："睡呀！妈妈，睡呀。"

我要坐在各处游荡的月光上，偷偷地来到你的床上，趁你睡着时，躺在你的胸上。

我要变成一个梦儿，从你眼皮的微缝中，钻到你睡眠的深处。当你醒来吃惊地四望时，我便如闪耀的萤火似的熠熠地向暗中飞去了。

当普耶大祭日，邻居家的孩子们来屋里游玩时，我便要融化在笛声里，整日在你心头震荡。

亲爱的阿姨带了普耶礼来，问道："我们的孩子在哪里，姐姐？"妈妈，你将柔声地告诉她："他呀，他现在是在我的瞳仁里，他现在是在我的

名师批注

以一个孩子的语气写成，通过孩子与母亲所说的稚气的话语，讴歌了母子间真挚的感情。诗人通过视觉、听觉，具体的场景再现了孩子与母亲之间深厚的爱意。

知识链接 普耶大祭日：意为"祭神大典"，即指印度十月间的"难近母祭日"。

身体里，在我的灵魂里。”

召唤

她走的时候，夜间黑漆漆的，他们都睡了。

现在，夜间也是黑漆漆的，我唤她道：“回来，我的宝贝；世界都在沉睡，当星星互相凝视的时候，你来一会儿是没有人知道的。”

她走的时候，树木正在萌芽，春光刚刚来到。

现在花已盛开，我唤道：“回来，我的宝贝。孩子们漫不经心地在游戏，把花聚在一起，又把它们散开。你如果走来，拿一朵小花去，没有人会发觉的。”

那些常常在游戏的人，仍然还在那里游戏，生命总是如此地浪费。

我静听他们的空谈，便唤道：“回来，我的宝贝，妈妈的心里充满着爱，你如果走来，仅仅从她那里接一个小小的吻，没有人会妒忌的。”

第一次的茉莉

呵，这些茉莉花，这些白的茉莉花！

我仿佛记得我第一次双手满捧着这些茉莉花，

这些白的茉莉花的时候。

我喜爱那日光，那天空，那绿色的大地；我听见那河水淙淙的流声，在漆黑的午夜里传过来。

秋天的夕阳，在荒原大路转角处迎接了我，如新妇揭起她的面纱迎接她的爱人。

但我想起孩提时第一次捧在手里的白茉莉，心里充满着甜蜜的回忆。

我生平有过许多快活的日子，在节日宴会的晚上，我曾跟着说笑话的人大笑。

在灰暗的雨天的早晨，我吟过许多飘逸的诗篇。

我颈上戴过爱人手织的醉花的花圈，作为晚装。

但我想起孩提时第一次捧在手里的白茉莉，心里充满着甜蜜的回忆。

榕 树

喂，你这站在池边的蓬头的榕树，你可曾忘记了那小小的孩子，就像那在你的枝上筑巢又离开了你的鸟儿似的孩子？

你不记得他是怎样坐在窗内，诧异地望着你深入地下纠缠的树根吗？

妇人们常到池边，汲了满罐的水去，你的大

名师批注

榕树是孩子的朋友，懂得孩子的内心世界。诗人用独特的视角讲述了孩子与大自然快乐为伴的生活场景，用儿童的眼睛和心灵观察自然、感受生活，朴素地展现了孩子们童稚的想象和纯真的情感。

黑影便在水面上摇动，好像睡着的人挣扎着要醒来似的。

日光在微波上跳舞，好像不停不息的小梭在织着金色的花毡。

两只鸭子挨着芦苇，在芦苇影子上游来游去，孩子静静地坐在那里想着。

他想做风，吹过你萧萧的枝杈；想做你的影子，在水面上，随了日光而俱长；想做一只鸟儿，栖息在你的最高枝上；还想做那两只鸭，在芦苇与阴影中间游来游去。

祝 福

祝福这个小心灵，这个洁白的灵魂，他为我们的大地，赢得了天的接吻。

他爱日光，他爱见他妈妈的脸。

他没有学会厌恶尘土而渴求黄金。

紧抱他在你的心里，并且祝福他。

他已来到这个歧路百出的大地上了。

我不知道他怎么从群众中选出你来，来到你的门前抓住你的手问路。

他笑着、谈着，跟着你走，心里没有一点儿疑惑。

不要辜负他的信任，引导他到正路，并且祝

福他。

把你的手按在他的头上，祈求着：底下的波涛虽然险恶，然而从上面来的风会鼓起他的船帆，送他到安全的港口。

不要在忙碌中把他忘了，让他来到你的心里，并且祝福他。

赠 品

我要送些东西给你，我的孩子，因为我们同是漂泊在世界的溪流中的。

我们的生命将被分开，我们的爱也将被忘记。

但我却没有那样傻，希望能用我的赠品来买你的心。

你的生命正是青青，你的道路也长着呢，你一口气饮尽了我们带给你的爱，便回身离开我们跑了。

你有你的游戏，有你的游伴。如果你没有时间同我们在一起，如果你想不到我们，那有什么害处呢？

我们呢，自然的，在年老时，会有许多闲暇的时间，去计算那过去的日子，把我们手里永久失去了的东西，在心里爱抚着。

河流唱着歌很快地流去，冲破所有的堤防。

但是山峰却留在那里，忆念着，满怀依依之情。

我的歌

我的孩子，我这一支歌将用它的乐声围绕你，好像那爱情的热恋的手臂一样。

我这一支歌将触着你的前额，好像那祝福的亲吻一样。

当你只是一个人的时候，它将坐在你的身旁，在你耳边微语着；当你在人群中的时候，它将围住你，使你超然物外。

我的歌将成为你梦的翼翅，它将把你的心移送到不可知的岸边。

当黑夜覆盖在你路上的时候，它又将成为那照耀在你头上的忠实的星光。

我的歌又将坐在你眼睛的瞳仁里，将你的视线带入万物的心里。

当我的声音因死亡而沉寂时，我的歌仍将在你活泼的心中唱着。

孩子天使

他们喧哗争斗，他们怀疑失望，他们辩论而

没有结果。

我的孩子，让你的生命到他们当中去，如一线镇定而纯洁之光，使他们愉悦而沉默。

他们的贪心和妒忌是残忍的；他们的话，好像暗藏的刀刃，渴欲饮血。

我的孩子，去，去站在他们愤懑的心中，把你和善的眼光落在它们上面，好像那傍晚的宽宏大量的和平，覆盖着日间的骚扰一样。

我的孩子，让他们望着你的脸，因此能够知道一切事物的意义；让他们爱你，因此使他们也能够相爱。

来，坐在无垠的胸膛上，我的孩子。在朝阳出来时，开放而且抬起你的心，像一朵盛开的花；在夕阳落下时，低下你的头，默默地做完这一天的礼拜。

最后的买卖

早晨，我在石铺的路上走时，我叫道："谁来雇用我呀。"

皇帝坐着马车，手里拿着剑走来。

他拉着我的手，说道："我要用权力来雇用你。"

但是他的权力算不了什么，他坐着马车走了。

正午炎热的时候，家家户户的门都闭着。

名师批注

简短的故事情节，塑造了一位既不向往权力，也不向往美色的诗人形象。然而一个小孩与诗人的交易是如此令人震撼！它抛却了世俗的欲望，换来的是心灵和灵魂的自由。因为欲望会禁锢灵魂的自由，只有不为欲望牵绊的灵魂才是自由的灵魂。

我沿着屈曲的小巷走去。

一个老人带着一袋金钱走出来。

他斟酌了一下,说道:“我要用金钱来雇用你。”

他一个一个地数着他的钱，但我却转身离去了。

黄昏了，花园的篱上满开着花。

美人走出来，说道：“我要用微笑来雇用你。”

她的微笑黯淡了，化成泪容了，她孤寂地回身走进黑暗里去。

太阳照耀在沙地上，海波任性地浪花四溅。

一个小孩坐在那里玩贝壳。

他抬起头来，好像认识我似的，说道：“雇用你不需要用任何东西来交换。”

在这个小孩的游戏中做成的买卖，使我从此以后成了一个自由的人。

园丁集（节选）

一

当我在夜里独赴幽会的时候，鸟儿不叫，风儿不吹，街道两旁的房屋沉默地站立着。

是我自己的脚镯越走越响使我羞怯。

当我站在凉台上倾听他的足音，树叶不摇，河水静止像熟睡的哨兵膝上的刀剑。

是我自己的心在狂跳，我不知道怎样使它宁静。

当我的爱来了，坐在我身旁，当我的身躯震颤，我的眼睫下垂，夜更深了，风吹灯灭，云片在繁星上曳过轻纱。

是我自己胸前的珍宝放出光明，我不知道怎样把它遮起。

名师批注

诗人用细腻、充满柔情的笔调将爱情刚刚开始悸动的情愫展现出来。“胸前的珍宝”即内心的真情实感，这种情愫初生，却不知如何遮掩的羞涩之态。

二

若是你要忙着把水瓶灌满，来吧，到我的湖上来吧。

湖水将回绕在你的脚边，潺潺地说出它的秘密。

沙滩上有了欲来的雨云的阴影，云雾低垂在

丛树的绿线上，像你眉上的浓发。

我深深地熟悉你脚步的韵律，它在我心中敲击。

来吧，到我的湖上来吧，如果你必须把水瓶灌满。

如果你想懒散闲坐，让你的水瓶漂浮在水面，来吧，到我的湖上来吧，草坡碧绿，野花多得数不清。

你的思想将从你乌黑的眼眸中飞出，像鸟儿飞出窝巢。

你的披纱将褪落到脚上。

来吧，如果你要闲坐，到我的湖上来吧。

如果你想撇下嬉游跳进水里，来吧，到我的湖上来吧。

把你的蔚蓝的丝巾留在岸上；蔚蓝的水将没过你，盖住你。

水波将蹑足来吻你的颈项，在你耳边低语。

来吧，如果你想跳进水里，到我的湖上来吧。

如果你想发狂而投入死亡，来吧，到我的湖上来吧。

它是清凉的，深到无底。

它沉黑得像无梦的睡眠。

在它的深处黑夜就是白天，歌曲就是静默。

来吧，如果你想投入死亡，到我的湖上来吧。

三

我一无所求，只站在林边树后。

倦意还逗留在黎明的眼上，露润在空气里。

湿草的懒味悬垂在地面的薄雾中。

在榕树下你用乳油般柔嫩的手挤着牛奶。

我沉静地站立着。

我没有说出一个字。那是藏起的鸟儿在密叶中歌唱。

芒果树在村径上撒着繁花，蜜蜂一只一只地嗡嗡飞来。

池塘边湿婆天的庙门开了，朝拜者开始诵经。

你把罐儿放在膝上挤着牛奶。

我提着空桶站立着。

我没有走近你。

天空和庙里的锣声一同醒起。

街尘在驱起的牛蹄下飞扬。

把汩汩发响的水瓶搂在腰上，女人们从河边走来。

你的钏镯叮当，乳沫溢出罐沿。

晨光渐逝而我没有走近你。

知识链接 钏镯：即臂镯。

四

我在路边行走，也不知道为什么，

时已过午，竹枝在风中簌簌作响。

横斜的影子伸臂拖住流光的双足，

布谷鸟都唱倦了。

我在路边行走，也不知道为什么。

低垂的树荫盖住水边的茅屋。

有人正忙着工作，她的钏镯在一角放出音乐。

我在茅屋前面站着，我不知道为什么。

曲径穿过一片芥菜田地和几层芒果树林。

它经过村庙和渡头的市集。

我在这茅屋面前停住了，我不知道为什么。

好几年前，三月风吹的一天，春天倦慵地低语，芒果花落在地上。

浪花跳起掠过立在渡头阶沿上的铜瓶。

我想着三月风吹的这一天，我不知道为什么。

阴影更深，牛群归栏。

冷落的牧场上日色苍白，村人在河边待渡。

我缓步回去，我不知道为什么。

五

我像麝鹿一样在林荫中奔走，为着自己的香气而发狂。

夜晚是五月正中的夜晚，清风是南国的清风。

我迷了路，我游荡着，我寻求那得不到的东西，我得到我所没有寻求的东西。

我自己的愿望的形象从我心中走出跳起舞来。

这闪光的形象飞掠过去。

我想把它紧紧捉住，它躲开了又引着我飞走下去。

我寻求那得不到的东西，我得到我所没有寻求的东西。

六

手牵着手，眼望着眼；

就这样开始了我们的心路历程；

那是三月一个洒满月光的夜晚；

空气中飘散着凤仙花香甜的气息；

我的长笛孤零零地躺在泥土中，你的花串也没有编好；

你我之间的爱单纯如歌。

你橘黄色的面纱迷醉了我的双眼；

你编织的茉莉花环像一种荣耀，震撼了我的心。

这是一个欲予欲留，忽隐忽现的游戏；有些微笑，有些娇羞，还有一些甜蜜无谓的挣扎；

你我之间的爱单纯如歌。

没有视线以外的神秘；没有可能之外的强求；没有魅惑背后的阴影；没有黑暗深处的探索。

你我之间的爱单纯如歌。

我们没有偏离语言的轨道，陷入永恒的沉默；我们没有举起手，向希望之外空虚奢求。

我们给予的与得到的已经足够。

我们不曾把欢乐彻底碾碎，从中榨取痛苦之酒；

你我之间的爱单纯如歌。

七

他天天地来了又走了。

去吧，把我头上的花朵送去给他吧，我的朋友。

假如他问赠花的人是谁，请你不要把我的名字告诉他——因为他来了又要走的。

他坐在树下的地上，

用繁花密叶给他敷设一个座位吧，我的朋友。

他的眼神是忧郁的，它把忧郁带到我的心中。

他没有说出他的心事；他只是来了又走了。

八

他为什么特地来到我的门前，这年轻的游子，当天色黎明的时候？

每次我进出经过他的身旁，我的眼睛总被他的面庞所吸引。

我不知道我是应该同他说话还是保持沉默。他为什么特地到我门前来呢？

七月的阴夜是黑沉的；秋日的天空是浅蓝的，南风把春天吹得骀荡不宁。

他每次用新调编着新歌。

我放下活计眼里充满雾水。他为什么特地到我门前来呢？

九

当她用急步走过我的身旁，她的裙缘触到了我。

从一颗心的无名小岛上忽然吹来了一阵春天的温馨。

一霎飞触的缭乱扫拂过我，立刻又消失了，像扯落了的花瓣在风中飘扬。

它落在我的心上，像她身躯的叹息和她心灵的低语。

名师批注

细腻、婉转、柔美的语调将少男少女初见时的心情跃然纸上。让我们体会到了这种相遇时动人心扉的朦胧情感。

十

不要把你心中的秘密藏起，我的朋友！

对我说吧，秘密地对我一个人说吧。

你这个笑得这样温柔，说得这样轻软的人，我的心将听着你的语言，不是我的耳朵。

夜深沉，庭宁静，鸟巢也被睡眠笼罩着。

从踌躇的眼泪里，从沉吟的微笑里，从甜柔的羞怯和痛苦里，把你心中的秘密告诉我吧！

一一

“从你慷慨的手里所赋予的，我都接受。我别无所求。”

“是了，是了，我懂得你，谦卑的乞丐，你是乞求一个人的一切所有。”

“若你给我一朵残花，我也要把它戴在心上。”

“若是那花上有刺呢？”

“我就忍受着。”

“是了，是了，我懂得你，谦卑的乞丐，你是乞求一个人的一切所有。”

“如果你只在我脸上瞥来一次爱怜的眼光，就会使我的生命直到死后还是甜蜜的。”

“假如那只是残酷的眼色呢？”

“我要让它永远穿刺我的心。”

“是了，是了，我懂得你，谦卑的乞丐，你是乞求一个人的一切所有。”

一二

“即使爱只给你带来了哀愁，也信任它，不要把你的心关起。”

“呵，不，我的朋友，你的话语太隐晦了，我不懂得。”

“心是应该和一滴眼泪、一首诗歌一起送给，我爱的人。”

“呵，不，我的朋友，你的话语太隐晦了，我不懂得。”

“音乐像露珠一样的脆弱，它在欢笑中死去。哀愁却是坚强而耐久。让含愁的爱在你眼中醒来吧。”

“呵，不，我的朋友，你的话语太隐晦了，我不懂得。”

“荷花在日中开放，丢掉了自己的一切所有。在永生的冬雾里，它将不再含苞。”

“呵，不，我的朋友，你的话语太隐晦了，我不懂得。”

一三

名师批注

排比句的使用，使得情感更为浓厚、真切。表现出诗人对爱人无限的爱以及对爱情至高无上的态度。

你疑问的眼光是含愁的。它要追探了解我的意思，好像月亮探测大海。

我已经把我生命的终始，全部暴露在你的眼前，没有任何隐秘和保留。因此你不认识我。

假如它是一块宝石，我就能把它碎成千百颗粒，串成项链挂在你的颈上。

假如它是一朵花，圆圆小小香香的，我就能从枝上采来戴在你的发上。

但是它是一颗心，我的爱人。何处是它的边和底？

你不知道这个王国的边极，但你仍是这王国的女王。

假如它是片刻的欢娱，它将在嬉笑中开花，你立刻就会看到懂得了。

假如它是一阵痛苦，它将融化成晶莹的眼泪，不着一字地反映出它最深的秘密。

但是它是爱，我的爱人。

它的欢乐和痛苦是无边的，它的需求和财富是无尽的。

它和你亲近得像你的生命一样，但是你永远不能完全了解它。

一四

对我说吧,我爱！用言语告诉我你唱的是什么。

夜是深黑的，星星消失在云里，风在叶丛中叹息。

我将披散我的头发，我的青蓝的披风将像黑夜一样地紧裹着我。

我将把你的头紧抱在胸前，在甜柔的寂寞中在你心头低诉。我将闭目静听。我不会看望你的脸。

等到你的话说完了，我们将沉默凝坐。只有丛树在黑暗中微语。

夜将发白。天光将晓。我们将望望彼此的眼睛，然后各走各的路。

对我说吧，我爱！用言语告诉我你唱的是什么。

一五

你是一朵夜云，在我梦幻中的天空浮泛。

我永远用爱恋的渴想来描画你。

你是我一个人的，我一个人的，我无尽的梦幻中的居住者！

你的双脚被我心切望的热光染得绯红，我的落日之歌的搜集者！

我的痛苦之酒使你的唇儿苦甜。

你是我一个人的，我一个人的，我寂寥的梦幻中的居住者！

我用热情的浓影染黑了你的眼睛，我的凝视深处的祟魂！

我捉住了你，缠住了你，我爱，在我音乐的罗网里。

你是我一个人的，我一个人的，我永生的梦幻中的居住者！

一六

我的心,这只野鸟,在你的双眼中找到了天空。

它们是拂晓的摇篮，它们是星辰的王国。

我的诗歌在它们的深处消失。

只让我在这天空中高飞，翱翔在静寂的无限空间里。

只让我冲破它的云层,在它的阳光中展翅吧。

一七

告诉我，这一切是否都是真的。我的情人，

告诉我，这是否是真的。

当这一对眼睛闪出电光，你胸中的浓云发出风暴的回答。

我的唇儿，是真像觉醒的初恋的蓓蕾那样香甜吗？

消失了的五月回忆仍旧流连在我的肢体上吗？

那大地，像一张琴，真因为我双足的踏触而颤成诗歌吗？

那么当我来时，从夜的眼睛里真的落下露珠，晨光也真因为围绕我的身躯而感到喜悦吗？

是真的吗，是真的吗，你的爱贯穿许多时代、许多世界来寻找我吗？

当你最后找到了我，你天长地久地渴望，在我温柔的话里，在我的眼睛嘴唇和飘扬的头发里，找到了完全的宁静吗？

那么“无限”的神秘是真的写在我小小的额上吗？

告诉我，我的情人，这一切是否都是真的。

一八

我爱你，我的爱人。请饶恕我的爱。

像一只迷路的鸟，我被捉住了。

名师批注

诗人的爱是炽热的、不着边际的。内心的呼喊既有对爱感知到的迷恋，也有因爱情带来的痛苦而备受折磨。

当我的心颤抖的时候，它丢了围纱变成赤裸。用怜悯遮住它吧。爱人，请饶恕我的爱。

如果你不能爱我，爱人，请饶恕我的痛苦。

不要远远地斜视我。

我将偷偷地回到我的角落里去，在黑暗中坐着。

我将用双手掩起我赤裸的羞惭。

回过脸去吧，我的爱人，请饶恕我的痛苦。

如果你爱我，爱人，请饶恕我的快乐。

当我的心被快乐的洪水卷走的时候，不要笑我汹涌的退却。

当我坐在宝座上，用我暴虐的爱来统治你的时候，当我像女神一样向你施恩的时候，饶恕我的骄傲吧，爱人，也饶恕我的欢乐。

一九

不要不辞而别，我爱。

我看望了一夜，现在我脸上睡意重重。

只恐我在梦中把你丢失了。

不要不辞而别，我爱。

我惊起伸出双手去触摸你，我问自己说：

“这是一个梦吗？”

但愿我能用我的心系住你的双足紧抱在胸前！

不要不辞而别，我爱。

二十

只恐我太容易地认得你，你对我要花招。
你用欢笑的闪光使我目盲来掩盖你的眼泪。
我知道，我知道你的妙计，
你从来不说出你所要说的话。
只恐我不珍爱你，你千方百计地闪避我。
只恐我把你和大家混在一起,你独自站在一边。
我知道，我知道你的妙计，
你从来不走你所要走的路。
你的要求比别人都多，因此你才静默。
你用嬉笑的无心来回避我的赠予。
我知道，我知道你的妙计，
你从来不肯接受你想接受的东西。

二一

他低声说：“我爱，抬起眼睛吧。”

我严厉地责骂他说：“走！”但是他不动。

他站在我面前拉住我的双手。我说：“躲开我！”但是他没有走。

他把脸靠近我的耳边。我瞪他一眼说：“不要脸！”但是他没有动。

他的嘴唇触到我的腮颊。我震颤了，说：“你太大胆了！”但是他不怕丑。

他把一朵花插在我发上。我说：“这也没有用处！”但是他站着不动。

他取下我颈上的花环就走开了。我哭了，问我的心说：“他为什么不回来呢？”

二二

“你愿意把你的花环挂在我的颈上吗，佳人？”

“但是你要晓得，我编的那个花环，是为大家的，为那些偶然瞥见的人，住在未开发的大地的人，住在诗人歌曲里的人。

现在来请求我的心作为答赠已经太晚了。

曾有一个时候，我的生命像一朵蓓蕾，它所有的芬芳都储藏在花心里。

现在它已远远地喷溢四散。

谁晓得有什么魅力，可以把它们收集关闭起来呢？

我的心不容我只给一个人，它是要给予许多人的。”

二三

我爱，从前有一天，你的诗人把一首伟大史诗投进他心里。

呵，我不小心，它打到你叮当的脚镯上而引起悲愁。

它裂成诗歌的碎片散洒在你的脚边。

我满载的一切古代战争的货物，都被笑浪所颠簸，被眼泪浸透而下沉。

你必须使这损失成为我的收获，我爱。

如果我死后不朽的荣名的希望都破灭了，那就在生前使我不朽吧。

我将不为这损失伤心，也不责怪你。

二四

整个早晨我想编一个花环，但是花儿滑掉了。

你坐在一旁偷偷地从侦伺的眼角看着我。

问这一对沉黑的恶作剧的眼睛，这是谁的错。

我想唱一支歌，但是唱不出来。

一个暗笑在你唇上颤动；你问它我失败的缘由。

让你微笑的唇儿发一个誓，说我的歌声怎样地消失在沉默里，像一只在荷花里沉醉的蜜蜂。

夜晚了，是花瓣合起的时候了。

容许我坐在你的旁边，容许我的唇儿做那在沉默中、在星辰的微光中能做的工作吧。

二五

一个怀疑的微笑在你眼中闪烁，当我来向你告别的时候。

我这样做的次数太多了，你想我很快又会回来。

告诉你实话，我自己心里也有同样的怀疑。

因为春天年年回来；满月道过别又来拜访，花儿每年回来在枝上红晕着脸，很可能我向你告别只为了要再回到你的身边。

但是把这幻象保留一会吧，不要冷酷粗率地把它赶走。

当我说我要永远离开你的时候，就当作真话来接受它，让泪雾暂时加深你眼边的黑影。

当我再来的时候，随便你怎样地狡笑吧。

名师批注

用含蓄、委婉的表达阐述了内心的挣扎与纠结。分分合合多次，爱人早已习惯这种方式。诗中深刻地道出了在感情世界中，两个人相处时所面临的问题：当你习惯一个人的存在时，又不得不离开这个人，内心的苦痛是难以想象的。但是，思念与爱情的魔力是极其强大的，它能使你克服那些理性的内心斗争，重新回到爱人的身旁。诗人用简短的话语阐明了这种缠绵悱恻，想要远离苦痛又极为迷恋这种苦痛的恋爱关系。

二六

我想对你说出我要说我的最深的话语，我不敢，我怕你哂笑。

因此我嘲笑自己，把我的秘密在玩笑中打碎。

我把我的痛苦说得轻松，因为怕你会这样做。

我想对你说出我要说的最真的话语，我不敢，我怕你不信。

因此我弄假成真，说出和我的真心相反的话。

我把我的痛苦说得可笑，因为我怕你会这样做。

我想用最宝贵的名词来形容你，我不敢，我怕得不到相当的酬报。

因此我给你安上苛刻的名字，而显示我的硬骨。

我伤害你，因为怕你永远不知道我的痛苦。

我渴望静默地坐在你的身旁，我不敢，怕我的心会跳到我的唇上。

因此我轻松地说东道西，把我的心藏在语言的后面。

我粗暴地对待我的痛苦，因为我怕你会这样做。

我渴望从你身边走开，我不敢，怕你看出我的怯懦。

因此我随随便便地昂首走到你的面前。

从你眼里频频掷来的刺激，使我的痛苦永远新鲜。

二七

不，我的朋友，我永不会做一个苦行者，随便你怎么说。

我将永不做一个苦行者，假如她不和我一同受戒。

这是我坚定的决心，如果我找不到一个阴凉的住处和一个忏悔的伴侣，我将永远不会变成一个苦行者。

不，我的朋友，我将永不离开我的炉火与家庭，去退隐到深林里面，

如果在林荫中没有欢笑的回响；如果没有郁金香色的衣裙在风中飘扬；如果它的幽静不因有轻柔的微语而加深。

我将永不会做一个苦行者。

二八

对那些一定要离开的客人们，求神帮他们快

走，并且扫掉他们所有的足迹。

把舒服的单纯的亲近的，微笑着一起抱在你的怀里。

今天是幻影的节日，他们不知道自己的死期。

让你的笑声只作为无意义的欢乐，像浪花上的闪光。

让你的生命像露珠的叶尖一样，在时间的边缘上轻轻跳舞。

在你的琴弦上弹出无定的暂时的音调吧。

二九

你离开我自己走了。

我想我将为你忧伤，还将用金色的诗歌铸成你孤寂的形象，供养在我的心里。

但是，我的运气多坏，时间是短促的。

青春一年一年地消逝；春日是暂时的；柔弱的花朵无意义地凋谢，聪明人警告我说，生命只是一颗荷叶上的露珠。

我可以不管这些，只凝望着背弃我的那个人吗？

这会是无益的、愚蠢的，因为时间是短暂的。

那么，来吧，我雨夜的脚步声；微笑吧，我金色的秋天；来吧，无虑无忧的四月，散掷着你的亲吻。

你来吧，还有你，也有你！

我的情人们，你知道我们都是凡人。为一个取回她的心的人而心碎，是件聪明的事情吗？因为时间是短暂的。

坐在屋角凝思，把我世界中的你们都写在韵律里，是甜柔的。

把自己的忧伤抱紧，决不接受人的安慰是英勇的。

但是一个新的面庞，在我门外偷窥，抬起眼来看我的眼睛。

我只能拭去眼泪，更改我的歌曲的腔调。

因为时间是短暂的。

三十

如果你要这样，我就停止歌唱。

如果它使你心灵震颤，我就把眼光从你脸上挪开。

如果使你在行走时忽然惊跃，我就躲开另走别路。

如果在你编串花环时，使你烦乱，我就避开你寂寞的花园。

如果我使水花飞溅，我就不在你的河边划船。

名师批注

诗人的情绪低迷、小心翼翼，生怕惹恼了心爱的人儿。这种情感透露着对爱人的极大容忍，还带着一些卑微。然而，无论怎样，仍体现出诗人对爱人深深的爱。

吉檀迦利

一

你已经使我永生，这样做是你的欢乐。这脆薄的杯儿，你不断地把它倒空，又不断地以新生命来充满。

这小小的苇笛，你携带着它穿山越谷，从笛管里吹出永新的音乐。

在你双手的不朽的安抚下，我小小的心，消融在无边快乐之中，发出不可言说的词调。

你无穷的赐予已倾入我小小的手里。时代过去了，你还在倾注，而我的手里还有余量待充满。

二

当你命令我歌唱的时候，我的心似乎要因骄傲而炸裂；我仰望着你的脸，眼泪涌上我的眶里。

我生命中一切的凝涩与矛盾融化成一片甜柔的谐音——我的赞颂像一只欢乐的鸟，振翼飞越海洋。

我知道你欢喜我的歌唱。我知道只因为我是个歌者，才能走到你的面前。

我用我的歌曲的远伸的翅梢，触到了你的双

脚，那是我从来不敢想望触到的。

在歌唱中陶醉，忘却了自己，你本是我的主人，我却称你为朋友。

三

我不知道你怎样地唱，我的主人！我总在惊奇地静听。

你音乐的光辉照亮了世界；你音乐的气息透彻诸天；你音乐的圣泉冲过一切阻挡的岩石，向前奔涌。

我的心渴望和你合唱，而挣扎不出一点声音。我想说话，但是言语不成歌曲，我叫不出来。呵，你使我的心变成了你音乐的漫天大网中的俘虏，我的主人！

四

名师批注

诗人对神的信仰铸就了心中坚定的信念——可以永远纯洁、摒除虚伪、为爱保航。这些力量的赐予都来自于神的保佑。

我生命的生命，我要保持我的躯体永远纯洁，因为我知道你的生命的摩抚，接触着我的四肢。

我要永远从我的思想中摒除虚伪，因为我知道你就是那在我心中燃起理智之火的真理。

我要从我心中驱走一切的丑恶，使我的爱开

花，因为我知道你在我的心宫深处安设了座位。

我要努力在我的行为上表现你，因为我知道是你的威力，给我力量来行动。

五

请容我懈怠一会儿，坐在你的身旁。我手边的工作等一下子再去完成。

不在你的面前，我的心就不知道什么是安逸和休息，我的工作变成了无边的劳役海中的无尽的劳役。

今天，炎暑来到我的窗前，轻嘘微语；群蜂在花树的宫廷中尽情弹唱。

这正是应该静坐的时光，和你相对，在这静寂和无边的闲暇里唱出生命的献歌。

六

摘下这朵花来，拿了去吧，不要迟延！我怕它会萎谢了，掉在尘土里。

它也许配不上你的花冠，但请你采折它，以你手采折的痛苦来给它光宠。我怕在我警觉之先，日光已逝，供献的时间过了。

虽然它颜色不深，香气很淡，请仍用这花来礼拜，趁着还有时间，就采折吧。

七

我的歌曲把她的妆饰卸掉。她没有了衣饰的骄奢，妆饰会成为我们合一之玷。它们会横阻在我们之间，它们叮当的声音会掩没了你的细语。

我的诗人的虚荣心，在你的容光中羞死。呵，诗圣，我已经拜倒在你的脚前。只让我的生命简单正直像一支苇笛，让你来吹出音乐。

八

那穿起王子的衣袖和挂起珠宝项链的孩子，在游戏中他失去了一切的快乐；他的衣服绊着他的步履。

为怕衣饰的破裂和污损，他不敢走进世界，甚至于不敢挪动。

母亲，这是毫无好处的，如你华美的约束，使人和大地健康的尘土隔断，把人进入日常生活的盛大集会的权利剥夺去了。

九

呵，傻子，想把自己背在肩上！呵，乞人，来到你自己门口求乞！

把你的负担卸在那双能担当一切的手中吧，永远不要惋惜地回顾。

你欲望的气息，会立刻把它接触到的灯火吹灭。它是不圣洁的——不要从它不洁的手中接受礼物。只领受神圣的爱所赋予的东西。

十

这是你的脚凳，你在最贫最贱最失所的人群中歇足。

我想向你鞠躬，我的敬礼不能达到你歇足地方的深处——那最贫最贱最失所的人群中。

你穿着破敝的衣服，在最贫最贱最失所的人群中行走，骄傲永远不能走近这个地方。

你和那最没有朋友的最贫最贱最失所的人们做伴，我的心永远找不到那个地方。

一一

把礼赞和数珠撇在一边吧！你在门窗紧闭幽暗孤寂的殿角里，向谁礼拜呢？睁开眼你看，上帝不在你的面前！

他是在锄着枯地的农夫那里，在敲石的造路工人那里。太阳下，阴雨里，他和他们同在，衣袍上蒙着尘土。脱掉你的圣袍，甚至像他一样的下到泥土里去吧！

超脱吗？从哪里找超脱呢？我们的主已经高高兴兴地把创造的锁链戴起；他和我们大家永远联系在一起。

从静坐里走出来吧，丢开供养的香花！你的衣服污损了又何妨呢？去迎接他，在劳动里，流汗里，和他站在一起吧。

一二

我旅行的时间很长，旅途也是很长的。

天刚破晓，我就驱车起行，穿遍广漠的世界，在许多星球之上，留下辙痕。

离你最近的地方，路途最远，最简单的音调，

名师批注

长途跋涉的旅程不仅是脚下的艰辛，更是一段心灵的旅程。只有经历过颠沛流离、动荡煎熬，才能获得真知。

需要最艰苦的练习。

旅客要在每一个生人门口敲叩，才能敲到自己的家门，人要在外面到处漂流，最后才能走到最深的内殿。

我的眼睛向空阔处四望，最后才合上眼说：“你原来在这里！”

这句问话和呼唤“呵，在哪儿呢？”融化在千股的泪泉里，和你保证的回答“我在这里！”的洪流，一同泛滥全世界。

一三

我要唱的歌，直到今天还没有唱出。

每天我总在乐器上调理琴弦。

时间还没有到来，歌词也未曾填好；只有愿望的痛苦在我心中。

花蕊还未开放；只有风从旁叹息走过。

我没有看见过他的脸，也没有听见过他的声音；我只听见他轻蹑的足音，从我房前路上走过。

悠长的一天消磨在为他在地上铺设座位；但是灯火还未点上，我不能请他进来。

我生活在和他相会的希望中，但这相会的日子还没有来到。

一四

我的欲望很多，我的哭泣也很可怜，但你永远用坚决的拒绝来拯救我；这刚强的慈悲已经紧密地交织在我的生命里。

你使我一天一天地更配领受你自动的简单伟大的赐予——这天空和光明，这躯体和生命与心灵——把我从危险中拯救了出来。

有时候我懈怠地捱延，有时候我急忙警觉寻找我的方向，但是你却忍心地躲藏起来。

你不断地拒绝我，从软弱动摇的欲望的危险中拯救了我，使我一天一天地更配得你完全的接纳。

一五

我来为你唱歌。在你的厅堂中，我坐在屋角。

在你的世界中我无事可做，我无用的生命只能放出无目的的歌声。

在你黑暗的殿中，夜半敲起默祷的钟声的时候，命令我吧，我的主人，来站在你面前歌唱。

当金琴在晨光中调好的时候，宠赐我吧，命令我来到你的面前。

一六

我接到这世界节日的请柬，我的生命受到了祝福。我的眼睛看见了美丽的景象，我的耳朵也听见了醉人的音乐。

在这宴会中，我的任务是奏乐，我也尽力演奏了。

现在，我问，那时间终于到来了吗，我可以进去瞻仰你的容颜，并献上我静默的敬礼吗?

一七

我只在等候着爱，要最终把我交在他手里。这是我迟误的原因，我对这延误负疚。

他们要用法律和规章，来紧紧地约束我；但是我总是躲着他们，因为我只等候着爱，要最终把我交在他手里。

人们责备我，说我不理会人；我也知道他们的责备是有道理的。

市集已过，忙人的工作都已完毕。叫我不应的人都已含怒回去。我只等候着爱，要最终把我交在他手里。

一八

云霾堆积，黑暗渐深。呵，爱，你为什么让我独自在门外等候？

在中午工作最忙的时候，我和大家在一起，但在这黑暗寂寞的日子，我只企望着你。

若是你不容我见面，若是你完全把我抛弃，我真不知将如何度过这悠长的雨天。

我不住地凝望遥远的阴空，我的心和不宁的风一同彷徨悲叹。

一九

若是你不说话，我就含忍着，以你的沉默来填满我的心。我要沉静地等候，像黑夜在星光中无眠，忍耐地低首。

清晨一定会来，黑暗也要消隐，你的声音将划破天空从金泉中下注。

那时你的话语，要在我的每一鸟巢中生翼发声；你的音乐，要在我丛林繁花中盛开怒放。

二十

莲花开放的那天，唉，我不自觉地在心魂飘荡。我的花篮空着，花儿我也没有去理睬。

不时地有一段忧愁来袭击我，我从梦中惊起，觉得南风里有一阵奇香的芳踪。

这迷茫的温馨，使我想望得心痛，我觉得这仿佛是夏天渴望的气息，寻求圆满。

我那时不晓得它离我是那么近，而且是我的，这完美的温馨，还是在我自己心灵的深处开放。

二一

我必须撑出我的船去。时光都在岸边捱延消磨了——不堪的我呵！

春天把花开过就告别了。如今落红遍地，我却等待而又流连。

潮声渐喧，河岸的荫滩上黄叶飘落。

你凝望着的是何等的空虚！你不觉得有一阵惊喜和对岸遥远的歌声从天空中一同飘来吗？

名师批注

表达了诗人对光阴逝去的遗憾与后悔，对美好未来的向往之情。

二二

在七月淫雨的浓阴中，你用秘密的脚步行走，夜一般的轻悄，躲过一切的守望的人。

今天，清晨闭上眼，不理连连呼喊的狂啸的东风，一张厚厚的纱幕遮住永远清醒的碧空。

林野住了歌声，家家闭户。在这冷寂的街上，你是孤独的行人。呵，我唯一的朋友，我最爱的人，我的家门是开着的——不要梦一般地走过吧。

二三

在这暴风雨的夜晚你还在外面继续爱的旅行吗，我的朋友？天空像失望者在哀号。

我今夜无眠。我不断地开门向黑暗中瞭望，我的朋友！

我什么都看不见。我不知道你要走哪一条路！

是从墨黑的河岸上，是从远远的愁惨的树林边，是穿过昏暗迂回的曲径，你摸索着来到我这里吗，我的朋友？

二四

假如一天已经过去了，鸟儿也不歌唱，假如风也吹倦了，那就用黑暗的厚幕把我盖上吧，如同你在黄昏时节用睡眠的衾被裹上大地，又轻柔地将睡莲的花瓣合上。

旅客的行程未达，粮袋已空，衣裳破裂污损，而又筋疲力尽，你解除了他的羞涩与困穷，使他的生命像花朵一样在仁慈的夜幕下苏醒。

二五

在这困倦的夜里，让我帖服地把自己交给睡眠，把信赖托付给你。

让我不去勉强我萎靡的精神，来准备一个对你敷衍的礼拜。

是你拉上夜幕盖上白日的倦眼，使这眼神在觉醒的清新喜悦中，更新了起来。

二六

他坐在我的身边，而我没有醒来。多么可恨的睡眠，唉，不幸的我呵！

他在静夜中到来，手里拿着琴，我的梦魂和他的音乐起了共鸣。

唉，为什么每夜就这样的虚度了？呵，他的气息接触了我的睡眠，为什么我总看不见他的面？

二七

灯火，灯火在哪里呢？用熊熊的渴望之火把它点上吧！

灯在这里，却没有一丝火焰——这是你的命运吗，我的心呵！你还不如死了好！

悲哀在你门上敲着，她传话说你的主醒着呢，他叫你在夜的黑暗中奔赴爱的约会。

云雾遮满天空，雨也不停地下。我不知道我心里有什么在动荡——我不懂得它的意义。

一霎的电光，在我的视线上抛下一道更深的黑暗，我的心摸索着寻找那夜的音乐对我呼唤的路径。

灯火，灯火在哪里呢？用熊熊的渴望之火把它点上吧！雷声在响，狂风怒吼着穿过天空，夜像黑岩一般的黑。不要让时间在黑暗中度过，用你的生命把爱的灯点上吧。

二八

罗网是坚韧的，但是要撕破它的时候我又心痛。

我只要自由，为希望自由我却觉得羞愧。

我确知那无价之宝是在你那里，而且你是我最好的朋友，但我却舍不得清除我满屋的俗物。

我身上披的是尘灰与死亡之衣；我恨它，却又热爱地把它抱紧。

我的债负很多，我的失败很大，我的耻辱秘密而又深重；但当我来求福的时候，我战栗了，唯恐我的祈求得了允诺。

二九

被我用我的名字囚禁起来的那个人，在监牢中哭泣。我每天不停地筑着围墙；当这道围墙高到接天的时候，我的真我便被高墙的黑影遮断不

名师批注

被囚禁的只是拥有这个名字以及身体的自己，然而精神和心灵并没有被禁锢。即使高墙囚禁了诗人的身躯，但这些做法都是枉然的，因为真正的自由是心灵的无拘无束。

见了。

我以这道高墙自豪，我用沙土把它抹严，唯恐在这名字上还留着一丝罅隙；我煞费了苦心，我也看不见了真我。

三十

我独自去赴幽会。是谁在暗寂中跟着我呢？

我躲开他，但是我逃不掉。

他昂首阔步，使地上尘土飞扬；我说出的每一个字里，都掺杂着他的喊叫。

他就是我的小我，我的主，他恬不知耻；但和他一同到你门前，我却感到羞愧。

三一

“囚人，告诉我，谁把你捆起来的？”

“是我的主人，”囚人说，“我以为我的财富与权利胜过世界上一切的人，我把我的国王的钱财聚敛在自己的宝库里。我昏困不已，睡在我主人的床上，一觉醒来，我发现我在自己的宝库里做了囚人。”

“囚人，告诉我，是谁铸的这条坚牢的锁链？”

“是我，”囚人说，“是我自己用心铸造的。我以为我无敌的权力会征服世界，使我有无碍的自由。我日夜用烈火重锤打造了这条铁链。等到工作完成，铁链坚牢完善，我发现这铁链把我捆住了。”

三二

尘世间那些爱我的人，用尽方法拉住我。你的爱就不是那样，你的爱比他们的伟大得多，你让我自由。

他们从不敢离开我，恐怕我把他们忘掉。但是你，日子一天一天地过去，你还没有露面。

若是我不在祈祷中呼唤你，若是我不把你放在心上，你爱我的爱情仍在等待着我的爱。

三三

白天的时候，他们来到我的房子里说：“我们只占用最小的一间屋子。”

他们说：“我们要帮助你礼拜你的上帝，而且只谦恭地领受我们应得的一份恩典。”他们就在屋角安静谦柔地坐下。

但是在黑夜里，我发现他们强暴地冲进我的圣堂，贪婪地攫取了神坛上的祭品。

三四

只要我一息尚存，我就称你为我的一切。

只要我真诚不灭，我就感觉到你在我的四围，任何事情，我都来请教你，任何时候都把我的爱献上给你。

只要我一息尚存，我就永不把你藏匿起来。

只要把我和你的意旨锁在一起的脚镣，还留着一小段，你的意旨就会在我的生命中实现——这脚镣就是你的爱。

名师批注

虔诚地将神当作自己的信仰，把其当作生命中最为重要的一部分，与自己的生命融为一体。这体现出诗人对神灵虔诚的信奉。

三五

在那里，心是无畏的，头也抬得高昂；

在那里，知识是自由的；

在那里，世界还没有被狭小的家国的墙隔成片段；

在那里，话是从真理的深处说出；

在那里，不懈的努力向着“完美”伸臂；

在那里，理智的清泉没有沉没在积习的荒漠

之中；

在那里，心灵是受你的指引，走向那不断放宽的思想与行为——进入那自由的天国，我的父啊，让我的国家觉醒起来吧。

三六

这是我对你的祈求，我的主——请你铲除，铲除我心里贫乏的根源。

赐给我力量使我能清闲地承受欢乐与忧伤。

赐给我力量使我的爱在服务中得到果实。

赐给我力量使我永不抛弃穷人也永不向淫威屈膝。

赐给我力量使我的心灵超越于日常琐事之上。

再赐给我力量使我满怀爱意地把我的力量服从你意志的指挥。

三七

我以为我的精力已竭，旅程已终——前路已绝,储粮已尽,退隐在静默鸿蒙中的时间已经到来。

但是我发现你的意志在我身上不知有终点。旧的言语刚在舌尖上死去，新的音乐又从心上进来；旧辙方迷，新的田野又在面前奇妙地展开。

三八

我需要你，只需要你——让我的心不停地重述这句话。日夜引诱我的种种欲念，都是透顶的诈伪与空虚。

就像黑夜隐藏在祈求光明的朦胧里，在我潜意识的深处也响出呼声——我需要你，只需要你。

正如风暴用全力来冲击平静，却寻求终止于平静，我的反抗冲击着你的爱，而它的呼声也还是——我需要你，只需要你。

三九

在我的心坚硬焦躁的时候，请洒我以慈霖。

当生命失去恩宠的时候，请赐我以欢歌。

当繁杂的工作在四围喧闹，使我和外界隔绝的时候，我宁静的主，请带着你的和平与安息来临。

当我乞丐似的心，蹲闭在屋角的时候，我的国王，请你以王者的威仪破户而入。

当欲念以诱惑与尘埃来迷蒙我的心眼的时候，呵，圣者，你是清醒的，请你和你的雷电一同降临。

四十

在我干枯的心上，好多天没有受到雨水的滋润了，我的上帝。天边是可怕的赤裸——没有一片轻云的遮盖，没有一丝远雨的凉意。

如果你愿意，请降下你的死黑的盛怒的风雨，以闪电震慑诸天吧。

但是请你召回，我的主，召回这弥漫沉默的炎热吧，它是沉重尖锐而又残忍，用可怕的绝望焚灼人心。

让慈云低垂下降，像在父亲发怒的时候，母亲的含泪的眼光。

四一

我的情人，你站在大家背后，藏在何处的阴影中呢？在尘土飞扬的道上，他们把你推开走过，没有理睬你。在倦乏的时间，我摆开礼品来等候你，过路的人把我的香花一朵一朵地拿去，我的花篮几乎空了。

清晨、中午都过去了。暮色中，我倦眼蒙眬。回家的人们瞟着我微笑，使我满心羞惭。我像女丐一般地坐着，拉起裙儿盖上脸，当他们问我要什么的时候，我垂目没有答应。

呵，真的，我怎能告诉他们说我是在等候你，而且你也应许说你一定会来。我又怎能抱愧地说我的妆奁就是贫穷。呵，我在心中的微隐处紧抱着这一段骄荣。

知识链接 妆奁：指女子梳妆用的镜匣等物。

我坐在草地上凝望天空。梦想着你来临时那忽然炫耀的豪华——万彩交辉，车辇上金旗飞扬，在道旁众目睽睽之下，你从车座下降，把我从尘埃中扶起坐在你的旁边，这褴褛的丐女，含羞带喜，像蔓藤在暑风中颤摇。

但是时间流过了，还听不见你车辇的轮声。许多仪仗队伍都在光彩喧阗中走过了。你只要静默地站在他们背后吗？我只能哭泣着等待，把我的心折磨在空虚的伫望之中吗？

四二

在清晓的密语中，我们约定了同去泛舟，世界上没有一个人知道我们这无目的无终止的遨游。

在无边的海洋上，在你静听的微笑中，我的歌唱抑扬成调，像海波一般的自由，不受字句的束缚。

时间还没有到吗？你还有工作要做吗？看吧，

暮色已经笼罩海岸，苍茫里海鸟已群飞归巢。

谁知道什么时候可以解开链索，这只船会像落日的余光，消融在黑夜之中呢？

四三

那天我没有准备好来等候你，我的国王，你就像一个素不相识的平凡的人，自动地进到我的心里，在我生命的许多流逝的时光中，盖上了永生的印记。

今天我偶然照见了你的签印，我发现它们和我遗忘了的日常哀乐的回忆,杂乱地散掷在尘埃里。

你不曾鄙夷地避开我童年时代在尘土中的游戏，我在游戏室里所听见的足音，和在群星中的回响是相同的。

四四

阴晴无定，夏至雨来的时节，在路旁等候瞭望，是我的快乐。

从不可知的天空带信来的使者们，向我致意又向前赶路。我衷心欢畅，吹过的风带着清香。

从早到晚我在门前坐地，我知道我一看见你，那快乐的时光便要突然来到。

这时我自歌自笑，空气里也充满着应许的芬芳。

四五

你没有听见他静悄悄的脚步声吗？他正在走来，走来，一直不停地走来。

每一个时间，每一个年代，每日每夜，他总在走来，走来，一直不停地走来。

在许多不同的心情里，我唱过许多歌曲，但在这些歌调里，我总在宣告说："他正在走来，走来，一直不停地走来。"

四月芬芳的晴天里，他从林径中走来，走来，一直不停地走来。

七月阴暗的雨夜中，他坐着隆隆的云辇，前来，前来，一直不停在前来。

愁闷相继之中，是他的脚步踏在我的心上，是他的双脚的黄金般的接触，使我的快乐发出光辉。

四六

我不知道从什么时候，你就一直走近来迎接

我。

你的太阳和星辰永不能把你藏起使我看不见你。

在许多清晨和傍晚，我曾听见你的足音，你的使者曾秘密地到我心里来召唤。

我不知道为什么今天我的生活完全激动了，一种狂欢的感觉穿过了我的心。

这就像工作结束的时间已到，我感觉到在空气中有你光降的微馨。

四七

夜已将尽，等他又落了空。我怕在清晨我正在倦睡的时候，他忽然来到我的门前。呵，朋友们，给他开着门吧——不要拦阻他。

名师批注

诗人一直等待的是希望的曙光，是神带给他的信仰与力量。

若是他的脚步声没有把我惊醒，请不要叫醒我。我不愿意小鸟嘈杂的合唱，和庆祝晨光的狂欢的风声，把我从睡梦中吵醒。即使我的主突然来到我的门前，也让我无扰地睡着。

呵，我的睡眠，宝贵的睡眠，只等着他的触摸来消散。

呵，我的合着的眼，只在他微笑的光中才开睫，当他像从洞黑的睡眠里浮现的梦一般地站立在我面前。

让他作为最初的光明和形象，来呈现在我的眼前。让他的眼光成为我觉醒的灵魂最初的欢跃。

让我自我的返回成为向他立地的皈依。

四八

清晨的静海，漾起鸟语的微波；路旁的繁华，争妍斗艳；在我们匆忙赶路无心理睬的时候，云隙中散射出灿烂的金光。

我们不唱欢歌，也不嬉游；我们也不到村集上去交易；我们一语不发，也不微笑；我们不在路上流连。时间流逝，我们也加速了脚步。

太阳升到中天，鸽子在阴凉中叫唤。枯叶在正午的炎风中飞舞。牧童在榕树下做他的倦梦，我在水边卧下，在草地上伸展我困乏的四肢。

我的同伴们嘲笑我，他们抬头疾走；他们不回顾也不休息；他们消失在远远的碧霭之中。他们穿过许多山林，经过生疏遥远的地方。长途上的英雄队伍呵，光荣是属于你们的！讥笑和责备要促我起立，但我却没有反应。我甘心没落在乐于接受的耻辱的深处——在模糊的快乐阴影之中。

阳光织成的绿荫的幽静，慢慢在笼罩着我的

心。我忘记了旅行的目的，我无抵抗地把我的心灵交给阴影与歌曲的迷宫。

最后，我从沉睡中睁开眼，我看见你站在我身旁，我的睡眠沐浴在你的微笑之中。我从前是如何地惧怕，怕这道路的遥远困难，到你面前的努力是多么艰苦呵！

四九

你从宝座上下来，站在我草舍门前。

我正在屋角独唱，歌声被你听到了。你下来站在我草舍门前。

在你的广厅里有许多名家，一天到晚都有歌曲在唱。但是这初学的简单的音乐，却得到了你的赏识。一支忧郁的小调，和世界的伟大音乐融合了，你还带了花朵作为奖赏，下了宝座停留在我的草舍门前。

五十

我在村路上沿门求乞的时候，你的金辇像一个华丽的梦从远处出现，我在猜想这位万王之王是谁！

我的希望高升，我觉得我苦难的日子将要告终，我站着等候你自动的施与，等待那散掷在尘埃里的财宝。

车辇在我站立的地方停住了。你看到我，微笑着下车。我觉得我的运气到底来了。忽然你伸出右手来说：“你有什么给我呢？”

呵，这开的是什么样的帝王的玩笑，向一个乞丐伸手求乞！我糊涂了，犹疑地站着，然后从我的口袋里慢慢地拿出一粒最小的玉米献上给你。

但是我吃惊不小，当我在晚上把口袋倒在地上的时候，在我乞讨来的粗劣东西之中，我发现了一粒金子，我痛哭了，恨我没有慷慨地将我所有都献给你。

五一

名师批注

国王恢宏的阵势与贫民们羞涩的窘迫形成了强烈的反差。国王尊贵的身躯驾到，贫民拿不出可以接驾的物件，是何等恐慌、不安。此诗表达了诗人对当权者的不满以及仇视，对贫苦大众的深深同情。

夜深了。我们一天的工作都已做完。我们以为投宿的客人都已来到。村里家家都已闭户了。只有几个人说：“国王是要来的。”我们笑了说：“不会的，这是不可能的事！”

仿佛门上有敲叩的声音，我们说那不过是风。我们熄灯就寝。只有几个人说：“这是使者！”我们笑了说：“不是，这一定是风！”

在死沉沉的夜里传来一个声音。朦胧中我们

以为是远远的雷响。墙摇地动，我们在睡眠里受了惊扰。只有几个人说："这是车轮的声音。"我们昏困地嘟哝着说："不是，这一定是雷响！"

鼓声响起的时候天还没亮。有声音喊着说："醒来吧！别耽误了！"我们拿手按住心口，吓得发抖。只有几个人说："看哪，这是国王的旗子！"我们爬起来站着叫："没有时间再耽误了！"

国王已经来了——但是灯火在哪里呢，花环在哪里呢？给他预备的宝座在哪里呢？呵，丢脸，呵，太丢脸了！客厅在哪里，陈设又在哪里呢？有几个人说了："叫也无用了！用空手来迎接他吧，带他到你的空房里去吧！"

开起门来，吹起法螺吧！在深夜中国王降临到我黑暗凄凉的房子里了。空中雷声怒吼，黑暗和闪电一同颤抖。拿出你的破席铺在院子里吧。我们的国王在可怖之夜与暴风雨一同突然来到了。

五二

我想我应当向你请求——可是我又不敢——你那挂在颈上的玫瑰花环。这样我等到早上，想在你离开的时候，从你床上找到些碎片。我像乞丐一样破晓就来寻找，只为着一两片散落的花瓣。

呵，我呵，我找到了什么呢？你留下了什么

爱的标记呢？那不是花朵，不是香料，也不是一瓶香水。那是你的一把巨剑，火焰般放光，雷霆般沉重。清晨的微光从窗外射到床上。晨鸟叽叽喳喳着问："女人，你得到了什么呢？"不，这不是花朵，不是香料，也不是一瓶香水，这是你的可畏的宝剑。

我坐着猜想，你这是什么礼物呢。我没有地方去收藏它。我不好意思佩带它，我是这样的柔弱，当我抱它在怀里的时候，它就把我压痛了。但是我要把这光宠铭记在心，你的礼物，这痛苦的负担。

从今起在这世界上我将没有畏惧，在我的一切奋斗中你将得到胜利。你留下死亡和我做伴，我将以我的生命给他加冕。我带着你的宝剑来斩断我的羁勒，在世界上我将没有畏惧。

从今起我要抛弃一切琐碎的装饰。我心灵的主，我不会在一隅等待哭泣，也不再畏怯娇羞。你已把你的宝剑给我佩带。我不再要玩偶的装饰品了！

五三

你的手镯真是美丽，镶着星辰，精巧地嵌着五光十色的珠宝。但是依我看来你的宝剑是更美的，那弯弯的闪光像毗湿奴的神鸟展开的翅翼，完美地平悬在落日怒发的红光里。

它颤抖着像生命受死亡的最后一击时，在痛苦的昏迷中的最后反应；它炫耀着像将烬的世情的纯焰，最后猛烈的一闪。

你的手镯真是美丽，镶着星辰般的珠宝；但是你的宝剑，呵，雷霆的主，是铸得绝顶美丽，看到想到都是可畏的。

知识链接 毗湿奴：他是叙事诗中地位最高的神，维护宇宙之权，与湿婆神平分神界权力。他通常以“四臂”握着圆轮、法螺贝、棍棒、弓的形象出现。其性格温和，对信仰虔诚的信徒施与恩惠，而且常化身成各种形象，拯救危难的世界。

五四

我不向你求什么；我不向你耳中陈述我的名字。当你离开的时候我静默地站着。我独立在树影横斜的井旁，女人们已顶着褐色的瓦罐盛满了水回家了。她们叫我说：“和我们一块来吧，都快到中午了。”但我仍在慵倦地流连，沉入恍惚的默想之中。

你走来时我没有听到你的足音。你含愁的眼望着我，你低语的时候声音是倦乏的——“呵，我是一个干渴的旅客。”我从幻梦中惊起，把我罐里的水倒在你掬着的手掌里。树叶在头上萧萧地响着，杜鹃在幽暗处歌唱，曲径里传来胶树的花香。

当你问到我的名字的时候，我羞得悄立无言。真的，我替你做了什么，值得你的忆念？但是我幸能给你饮水止渴的这段回忆，将温馨地贴抱在我的心上。天已不早，鸟儿唱着倦歌，楝树叶子在头上沙沙作响，我坐着反复地想了又想。

五五

乏倦压在你的心上，你眼中尚有睡意。

你没有得到消息说荆棘丛中花朵正在盛开吗？醒来吧，呵，醒来！不要让光阴虚度了！

在石径的尽头，在幽静无人的田野里，我的朋友独坐着。不要欺骗他吧。醒来，呵，醒来吧！

即使正午的骄阳使天空喘息摇颤，即使灼热的沙地展开它干渴的巾衣，

在你心的深处难道没有快乐吗？你的每一个足音，不会使道路的琴弦迸出痛苦的柔音吗？

五六

只因你的快乐是这样地充满了我的心。只因你曾这样的俯就我。呵，你这诸天之主，假如没有我，你还爱谁呢？

你使我做了你这一切财富的共享者。在我心里你的欢乐不住地遨游。在我生命中你的意志永

远实现。

因此，你这万王之王曾把自己修饰了来赢取我的心。因此你的爱也消融在你情人的爱里，在那里，你又以我俩完全合一的形象显现。

五七

光明，我的光明，充满世界的光明，吻着眼目的光明，甜沁心腑的光明！

呵，我的宝贝，光明在我生命的一角跳舞；我的宝贝，光明在勾拨我爱的心弦；天开了，大风狂奔，笑声响彻大地。

蝴蝶在光明海上展开翅帆。百合与茉莉在光波的浪花上翻涌。

我的宝贝，光明在每朵云彩上散映成金，它洒下无数的珠宝。

我的宝贝，快乐在树叶间伸展，欢喜无边。天河的堤岸淹没了，欢乐的洪水在四散奔流。

名师批注

诗人用轻松、活泼的语调歌颂了光明带来的快乐，以及惠及给所有生灵的恩赐。

五八

让一切欢乐的歌调都融合在我最后的歌中——那使大地草海欢呼摇动的快乐；那使生和

死两个孪生弟兄，在广大的世界上跳舞的快乐；那和暴风雨一同卷来，用笑声震撼惊醒一切的生命的快乐；那含泪默坐在盛开的痛苦的红莲上的快乐；那不知所谓，把一切所有抛掷于尘埃中的快乐。

五九

是的，我知道，这只是你的爱，呵，我心爱的人——这在树叶上跳舞的金光，这些驶过天空的闲云，这使我头额清爽的吹过的凉风。

清晨的光辉涌进我的眼睛——这是你传给我心的消息。你的脸容下俯，你的眼睛下望着我的眼睛，我的心接触到了你的双足。

六十

孩子们在无边的世界的海滨聚会。头上是静止的无垠的天空，不宁的海波奔腾喧闹。在无边的世界的海滨，孩子们欢呼跳跃地聚会着。

他们用沙子盖起房屋，用空贝壳来游戏。他们把枯叶编成小船，微笑着把它们漂浮在深远的海上。孩子们在世界的海滨做着游戏。

他们不会凫水，他们也不会撒网。采珠的人潜水寻珠，商人们奔波航行，孩子们收集了石子却又把它们丢弃了。他们不搜求宝藏，他们也不会撒网。

大海涌起了喧笑，海岸闪烁着苍白的微笑。致人死命的波涛，像一个母亲在摇着婴儿的摇篮一样，对孩子们唱着无意义的歌谣。大海在同孩子们游戏，海岸闪烁着苍白的微笑。

孩子们在无边的世界的海滨聚会。风暴在无路的天空中飘游，船舶在无轨的海上破碎，死亡在猖狂，孩子们却在游戏。在无边的世界的海滨，孩子们盛大地聚会着。

六一

这掠过婴儿眼上的睡眠，有谁知道它是从哪里来的吗？是的，有谣传说它住在林荫中，萤火朦胧照着的仙村里，那里挂着两颗甜柔迷人的花蕊。它从那里来吻着婴儿的眼睛。

在婴儿睡梦中唇上闪现的微笑，有谁知道它是从哪里生出来的吗？是的，有谣传说一线新月的微光，触到了消散的秋云的边缘，微笑就在被朝雾洗净的晨梦中，第一次生出来了——这就是那婴儿睡梦中唇上闪现的微笑。

名师批注

诗作细腻、柔和，充满浓浓的新生气息，诗人赞美着新生命带来的朝气蓬勃与奏响着希望之乐的新世界。生活因为新生命的到来而变得充满生机及无限的快乐。

在婴儿的四肢上，花朵般喷发的甜柔清新的生气，有谁知道它是在哪里藏了这么许久吗？是的，当母亲还是一个少女，它就在温柔安静的爱的神秘中，充塞在她的心里了——这就是那婴儿四肢上喷发的甜柔新鲜的生气。

六二

当我送你彩色玩具的时候，我的孩子，我了解为什么云中水上会幻弄出这许多颜色，为什么花朵都用颜色染起——当我送你彩色玩具的时候，我的孩子。

当我唱歌使你跳舞的时候，我彻底地知道为什么树叶上响起音乐，为什么波浪把它们的合唱送进静听的大地的心头——当我唱歌使你跳舞的时候。

当我把糖果递到你贪婪的手中时，我懂得为什么花心里有蜜，为什么水果里隐藏着甜汁——当我把糖果递到你贪婪的手中时。

当我亲吻你的脸使你微笑时，我的宝贝，我的确了解晨光从天空流下时是怎样地高兴，暑天的凉风吹到我身上时是怎样地愉快——当我亲吻你的脸使你微笑时。

六三

你使不相识的朋友认识了我。你在别人家里给我准备了座位。你缩短了距离，你把陌生人变成兄弟。

在我必须离开故居的时候，我心里不安；我忘了是旧人迁入新居，而且你也住在那里。

通过生和死、今生或来世，无论你带领我到哪里，都是你，仍是你，我无穷生命中的唯一伴侣，永远用欢乐的系链，把我的心和陌生的人联系在一起。

人一认识了你，世上就没有陌生的人，也没有了紧闭的门户。呵，请允许我的祈求，使我在与众生游戏之中，永不失去和你单独接触的福祉。

名师批注

人们因为共同的信仰而变成亲人、朋友。这一切都来自于神的拢合，正是神的旨意，让陌生的人变成熟悉的人，使人间充满着难以分离的爱。

六四

在荒凉的河岸上，深草丛中，我问她：“姑娘，你用披纱遮着灯，要到哪里去呢？我的房子黑暗寂寞——把你的灯借给我吧。”她抬起乌黑的眼睛，从暮色中看了我一会儿。她说：“我到河边来，要在太阳西下的时候，把我的灯漂浮到水上去。”我独立在深草中看着她的灯的微弱的火光，无用地在潮水上漂流。

在薄暮的寂静中，我问她：“你的灯火都已点上了，那么你拿着这灯到哪里去呢？我的房子黑暗寂寞——把你的灯借给我吧。”她抬起乌黑的眼睛望着我的脸，站着沉吟了一会儿。最后她说：“我来是要把我的灯献给上天。”我站着看她的灯光在天空中无用地点燃着。

在无月的夜半朦胧之中，我问她：“姑娘，你为什么把灯抱在胸前呢？我的房子黑暗寂寞——把你的灯借给我吧。”她站住沉思了一会儿，在黑暗中注视着我的脸。她说：“我是带着我的灯来参加灯节的。”我站着看着她的灯，无用地消失在众光之中。

六五

我的上帝，从我满溢的生命之杯中，你要饮什么样的圣酒呢？

通过我的眼睛，来观看你自己的创造物，站在我的耳门上，来静听你自己的永恒的谐音，我的诗人，这是你的快乐吗？

你的世界在我的心灵里织上字句，你的快乐

又给它们加上音乐。你把自己在梦中交给了我，又通过我来感觉你自己的完满的甜柔。

六六

那在神光离合之中，潜藏在我生命深处的她；那在晨光中永远不肯揭开面纱的她，我的上帝，我要用最后的一首歌把她包裹起来，作为我给你的最后献礼。

无数求爱的话，都已说过，但还没有赢得她的心；劝诱向她伸出渴望的臂，也是枉然。

我把她深藏在心里，到处漫游，我生命的荣枯围绕着她起落。

她统治着我的思想、行动和睡梦，她却自己独居索处。

许多人叩我的门来访问她，都失望地回去。

在这世界上从来没有人和她面对过，她在孤守着静待你的赏识。

六七

你是天空，你也是窝巢。

呵，美丽的你，在窝巢里就是你的爱，用颜

色、声音和香气来围拥住灵魂。

在那里，清晨来了，右手提着金筐，带着美的花环，静静地替大地加冕。

在那里，黄昏来了，越过无人畜牧的荒林，穿过车马绝迹的小径，在她的金瓶里带着安静的西方海上和平的凉飙。

但是在那里，纯白的光辉，统治着伸展着的为灵魂翱翔的无际的天空。在那里无昼无夜，无形无色，而且永远永远没有言说。

六八

你的阳光射到我的地上，整天地伸臂站在我门前，把我的眼泪、叹息和歌曲变成的云彩，带回放在你的足边。

你喜爱将这云带缠围在你的星胸之上，绕成无数的形式和褶纹，还染上变幻无穷的色彩。

它是那样的轻柔，那样的飘扬、温软，含泪而黯淡，因此你就爱惜它，呵，你这庄严无瑕者。这就是为什么它能够以它可怜的阴影遮掩你可畏的白光。

六九

就是这股生命的泉水，日夜穿流我的血管，也穿流过世界，又应节地跳舞。

就是这同一的生命，从大地的尘土里快乐地伸放出无数片的芳草，迸发出繁花密叶的波纹。

就是这同一的生命，在潮汐里摇动着生和死的大海的摇篮。

我觉得我的四肢因受着生命世界的爱抚而光荣。我的骄傲，是因为时代的脉搏，此刻在我血液中跳动。

名师批注

诗人用充满感恩的心赞美了生命中拥有的一切。这使诗人的生命之光绽放得更生动、更丰富，具有活力。

七十

这欢欣的音律不能使你欢欣吗？不能使你回旋激荡，消失碎裂在这可怖的快乐旋转之中吗？

万物急遽地前奔，它们不停留也不回顾，任何力量都不能挽住它们，它们急遽地前奔。

季候应和着这急速不宁的音乐，跳舞着来了又去。颜色、声音、香味在这充溢的快乐里，汇注成奔流无尽的瀑泉，时时刻刻地在散溅，退落而死亡。

七一

我应当自己发扬光大，四周放射，投映彩影于你的光辉之中——这便是你的幻境。

你在你自身里立起隔栏，用无数不同的音调来呼唤你的分身。你这分身已在我体内形成。

高亢的歌声响彻诸天，在多彩的眼泪与微笑，震惊与希望中回应着；波起复落，梦破又圆。在我里面是你自身的破灭。

你卷起的那重帘幕，是用昼和夜的画笔，绘出了无数的花样。幕后你的座位，是用奇妙神秘的曲线织成，抛弃了一切无聊的笔直的线条。

你我组成的伟丽的行列，布满了天空。因着你我的歌声，太空都在震颤，时代的一切都在你我捉迷藏中度过了。

七二

就是他，那最深奥的，用他深隐的触摸使我清醒。

就是他把神符放在我的眼上，又快乐地在我心弦上弹弄出种种哀乐的调子。

就是他用金、银、青、绿的灵幻的色丝，织起幻境的披纱，他的脚趾从衣褶中外露，在他的触摸之下，我忘却了自己。

日来年往，就是他永远以种种名字、种种姿态、种种的深悲和极乐，来打动我的心。

七三

在断念屏欲之中，我不需要拯救。在万千欢愉的约束里我感到了自由的拥抱。

你不断地在我的瓦罐里满满地斟上不同颜色不同芬芳的新酒。

我的世界，将以你的火焰点上他的万盏不同的明灯，安放在你庙宇的坛前。

不，我永不会关上我感觉的门户，视、听、触的快乐会含带着你的快乐。

是的，我的一切幻想会燃烧成快乐的光明，我的一切愿望将结成爱的果实。

七四

白日已过，暗影笼罩大地。是我到河边汲水的时候了。

晚空凭着水的凄音流露着切望。呵，它呼唤我走到暮色中来。荒径上断绝人行，风起了，波浪在河里翻腾。

我不知道是否应该回家去，我不知道我会遇见什么人。浅滩的小舟上有个不相识的人正弹着琵琶。

七五

名师批注

诗人表达了对神无私地将一切给予大地的赞美；而大地也懂得回馈，使神的给予可以源远流长。

你赐给我们世人的礼物，满足了我们一切的需要，可是它们又毫未减少地返回到你那里。

河水有它每天的工作，匆忙地穿过田野和村庄；但它不绝的水流，又曲折地回来洗你的双脚。

花朵以芬芳熏香了空气；但它最终的任务，是把自己献给你。

对你贡献不会使世界穷困。

人们从诗人的字句里，选取自己心爱的意义；但是诗句的最终意义是指向着你。

七六

过了一天又一天，呵，我生命的主，我能够和你对面站立吗？呵，全世界的主，我能合掌和你对面站立吗?

在广阔的天空下，严静之中，我能够带着虔恭的心，和你对面站立吗?

在你劳碌的世界里，喧腾着劳作和奋斗，在营营扰扰的人群中，我能和你对面站立吗?

当我已做完了今生的工作，呵，万王之王，我能够独自悄立在你的面前吗?

七七

我知道你是我的上帝，却远立在一边，我不知道你是属于我的，就走近你。我知道你是我的父亲，就在你脚前俯伏，我没有像和朋友握手那样地紧握你的手。

我没有在你降临的地方，站立等候，把你抱在胸前，当你做同志，把你占有。

你是我弟兄的弟兄，但是我不理他们，不把我赚得的和他们平分，我以为这样做，才能和你分享我的一切。

在快乐和痛苦里，我都没有站在人类的一边，我以为这样做，才能和你站在一起。

我畏缩着不肯舍生，因此我没有跳入生命的伟大的海洋里。

七八

当鸿蒙初辟，繁星第一次射出灿烂的光辉，众神在天上集会，唱着“呵，完美的画图，完全的快乐”！

有一位神忽然叫了起来：“光链里仿佛断了一环，一颗星星走失了。”

他们金琴的弦子猛然折断了，他们的歌声停止了，他们惊惶地叫着：“对了，那颗走失的星星是最美的，她是诸天的光荣！”

从那天起，他们不住地寻找她，众口相传地说，因为她丢了，世界失去了一种快乐。

只在严静的夜里，众星微笑着互相低语说：“寻找是无用的，无缺的完美正笼盖着一切！”

七九

假如我今生无缘遇到你，就让我永远感到恨不相逢——让我念念不忘，让我在醒时梦中都怀带着这悲哀的苦痛。

当我的日子在世界的闹市中度过，我的双手满捧着每日的赢利的时候，让我永远觉得我是一无所获——让我念念不忘，让我在醒时梦中都怀带着这悲哀的苦痛。

当我坐在路边，疲乏喘息，当我在尘土中铺设卧具，让我永远记着前面还有悠悠的长路——让我念念不忘，让我在醒时梦中都怀带着这悲哀的苦痛。

当我的屋子装饰好了，箫笛吹起，欢笑声喧的时候，让我永远觉得我还没有请你光临——让我念念不忘，让我在醒时梦中都怀带着这悲哀的苦痛。

八十

我像一片秋天的残云，无主地在空中飘荡，呵，我永远光耀的太阳！你的触摸还没有蒸化我的水汽，使我与你的光明合一，因此我计算着和你分离的悠长的年月。

假如这是你的愿望，假如这是你的游戏，就请把我这流逝的空虚染上颜色，镀上金辉，让它在狂风中飘浮，舒卷成种种的奇观。

而且假如你愿意在夜晚结束这场游戏，我就在黑暗中，或在灿白晨光的微笑中，在净化的清凉中，溶化消失。

八一

在许多闲散的日子，我悼惜着虚度了的光阴。但是光阴并没有虚度，我的主。你掌握了我生命里寸寸的光阴。

你潜藏在万物的心里，培育着种子发芽，蓓蕾绽红，花落结实。

我困乏了，在闲榻上睡眠，想象一切工作都已停歇。早晨醒来，我发现我的园里，却开遍了异蕊奇花。

八二

名师批注

诗人对时间、光阴的珍视显而易见。当你把时间控制得当，在有限的时间里面完成自己应该完成的事情后，你会发现“一天过去，我赶忙前来，怕你的门已经关闭，但是我发现时间还很充裕”。

你手里的光阴是无限的，我的主。你的分秒是无法计算的。

夜去明来，时代像花开花落。你知道怎样来等待。

你的世纪，一个接着一个，来完成一朵小小的野花。

我们的光阴不能浪费，因为没有时间，我们必须争取时机。我们太穷苦了，决不可迟到。

因此，在我把时间让给每一个性急的，向我索要时间的人，我的时间就虚度了，最后你的神坛上就没有一点祭品。

一天过去，我赶忙前来，怕你的门已经关闭，但是我发现时间还很充裕。

八三

圣母呵，我要把我悲哀的眼泪穿成珠链，挂在你的颈上。

星星把光明做成足镯，来装扮你的双足，但是我的珠链要挂在你的胸前。

名利自你而来，也全凭你的予取。但这悲哀却完全是我自己的，当我把它当作祭品献给你的时候，你就以你的恩慈来酬谢我。

八四

离愁弥漫世界，在无际的天空中生出无数的情景。

就是这离愁整夜的悄望星辰，在七月阴雨之中，萧萧的树籁变成抒情的诗歌。

就是这笼压弥漫的痛苦，加深而成为爱、欲，而成为人间的苦乐；就是它永远通过诗人的心灵，融化流涌而成为诗歌。

八五

当战士们从他们主公的明堂里刚走出来，他们的武力藏在哪里呢？他们的甲胄和干戈藏在哪里呢？

他们显得无助、可怜，当他们从他们主公的明堂走出的那一天，如雨的箭矢向着他们飞射。

当战士们整队走回他们主公的明堂里的时候，他们的武力藏在哪里呢？

他们放下了刀剑和弓矢，和平在他们的额上放光。当他们整队走回他们主公的明堂的那一天，他们把生命的果实留在后面了。

八六

死亡，你的仆人，来到我的门前。他渡过不可知的海洋临到我家，来传达你的召令。

夜色沉黑，我心中畏惧，但是我要端起灯来，开起门来，鞠躬欢迎他。因为站在我门前的是你的使者。

我要含泪地合掌礼拜他。我要把我心中的财产，放在他脚前，来礼拜他。

他的使命完成了就要回去，在我的晨光中留下了阴影。在我萧条的家里，只剩下孤独的我，作为最后献你的祭品。

八七

在无望的希望中，我在房里的每一个角落找她，我找不到她。

我的房子很小，一旦丢了东西就永远找不回来。

但是你的房子是无边无际的，我的主，为了找她，我来到了你的门前。

我站在你薄暮金色的天穹下，向你抬起渴望的眼。

我来到了永恒的边涯，在这里万物不灭——无论是希望，是幸福，或是从泪眼中望见的人面。

呵，把我空虚的生命浸到这海洋里吧，跳进这最深的完满里吧。让我在宇宙的完整里，感觉一次那失去的温馨的接触吧。

八八

破庙的神呵！七弦琴的断线不再弹唱赞美你

的诗歌。晚钟也不再宣告礼拜你的时间。你周围的空气是寂静的。

流荡的春风来到你荒凉的居所。它带来了香花的消息——就是那素来供养你的香花，现在却无人来呈献了。

你的礼拜者，那些漂泊的旅人，永远在企望那还未得到的恩典。黄昏来到，灯光明灭于尘影之中，他困乏地带着饥饿的心回到这破庙里来。

许多佳节都在静默中来到，破庙的神呵。许多礼拜之夜，也在无火无灯中度过了。

精巧的艺术家，造了许多新的神像，当他们的末日来到了，便被抛入遗忘的圣河里。

只有破庙的神遗留在无人礼拜的、不死的冷淡之中。

八九

我不再高谈阔论了——这是我主的意旨。从那时起我轻声细语。我心里的话要用歌曲低唱出来。

人们急急忙忙地到国王的市场上去，买卖的人都在那里。但在工作正忙的正午，我就早早地离开。

那就让花朵在我的园中开放，虽然花时未到，让蜜蜂在中午奏起他们慵懒的嗡哼。

我曾把充分的时间，用在理欲交战里，但如今是我暇日游侣的雅兴，把我的心拉到他那里去；我也不知道这忽然的召唤，会引到什么突出的奇景。

九十

当死神来叩你门的时候，你将以什么贡献他呢？

呵，我要在我客人面前，摆上我的满斟的生命之杯，我决不让他空手回去。

我一切的秋日夏夜和丰美的收获，我匆促的生命中的一切获得和收藏，在我临终，死神来叩我的门的时候，我都要摆在他的面前。

名师批注

死神来临时，细数这一生走过的路途，以及在生命的过程里收获的丰富的果实，这便是对人生圆满落幕的最好答卷。诗人用尽一生的精力所完成的事情，足以使他安然地离开这个世界，因为他想做的，已经在有生之年完成，了无遗憾。

九一

呵，你这生命最后的完成，死亡，我的死亡，来对我低语吧！

我天天守望着你，为了你，我忍受着生命的苦乐。

我的一切存在、一切所有、一切希望和一切

的爱，总在深深的秘密中向你奔流。你的眼睛向我最后一盼，我的生命就永远是你的。

花环已为新郎编好。婚礼行过，新娘就要离家，在静夜里和她的主人独对了。

九二

我知道这日子将要来到，当我眼中的人世渐渐消失，生命默默地向我道别，把最后的帘幕拉过我的眼前。

但是星辰将在夜中守望，晨曦仍旧升起，时间像海波的汹涌，激荡着欢乐与哀伤。

当我想到时间的终点，时间的隔栏便破裂了，在死的光明中，我看见了你的世界和这世界里弃置的珍宝。最低的座位是极其珍奇的，最小的生物也是世间少有的。

我追求而未得到和我已经得到的东西——让它们过去吧。只让我真正地据有了那些我所轻视和忽略的东西。

九三

我已经请了假。弟兄们，祝我一路平安吧！

我向你们大家鞠完躬就启程了。

我把我门上的钥匙交还，我把房子的所有权都放弃了。我只请求你们最后的几句好话。

我们做过很久的邻居，但是我接受的多，给予的少。现在天已破晓，我黑暗屋角的灯光已灭。召命已来，我就准备启程了。

九四

在我动身的时光，祝我一路福星吧，我的朋友们！天空里晨光辉煌，我的前途是美丽的。

不要问我带些什么到那边去。我只带着空空的手和企望的心。

我要戴上我婚礼的花冠，穿上不是红褐色的行装，虽然间关险阻，我心里也没有惧怕。

旅途尽处，晚星将升，从王宫的门口将弹出黄昏的凄乐。

九五

当我刚跨过此生的门槛时，我并没有发觉。

是什么力量使我在这无边的神秘中开放，像一朵嫩蕊，中夜在森林里开花！

名师批注

生命的开始是极为美好的，然后生命结束，用同等的心态去面对，不也是另一种开始吗？诗人对生的热爱，也体现在对死亡的理性接受，这本就是自然规律，无需过多忧叹。

早起我看到光明，我顿时觉得在这世界上我不是一个生人，那不可思议、不可名状的，已以我母亲的形象，把我抱在怀里。

就是这样，在死亡里，这同一的不可知者又要以我熟识的面目出现。因为我爱今生，我知道我也会一样在爱死亡。

当母亲从婴儿口中拿开右乳的时候，他就啼哭，但他立刻又从左乳得到了安慰。

九六

名师批注

诗人自言自语，显示出对死亡的豁达心态。因为他所想所做已经在有生之年完成，这体现出了生命的价值。

当我走的时候，让这个作我的话别吧，就是说我所看过的是卓绝无比的。

我曾尝过在光明海上开放的莲花里的隐蜜，因此我接受了祝福——让这个作我的话别吧。

在这形象万千的游戏室里，我已经游玩过，在这里我已经瞥见了那无形象的他。

我浑身上下因着那无从接触的他的摩抚而喜颤；假如死亡在这里来临，就让它来好了——让这个作我的话别吧。

九七

当我同你做游戏的时候，我从来没有问过你是谁。我不懂得羞怯和惧怕，我的生活是热闹的。

清晨你就来把我唤醒，像伙伴一样，带着我跑过林野。

那些日子，我从来不想去了解你对我唱的歌曲的意义。我只随声附和，我的心应节奏跳舞。

现在，游戏的时光已过，这突然来到我眼前的情景是什么呢？世界低下眼来看着你的双脚，和它肃静的众星一同敬畏地站着。

九八

我要以胜利品——我的失败的花环——来装饰你。逃避不受征服，是我永远做不到的。

我知道我的骄傲会碰壁，我的生命将因极端的痛苦而炸裂，我空虚的心像一支空苇呜咽出哀音，顽石也融成眼泪。

我知道莲花的百瓣不会永远闭合，深藏的花蜜定将显露。

从碧空将有一只眼睛向我凝视，在默默地召

唤我。我将空无所有，绝对的空无所有，我将从你脚下领受绝对的死亡。

九九

当我放下舵盘，我知道你来接收的时候到了。当做的事立刻要做了，挣扎是无用的。

那就把手拿开，静默地承认失败吧，我的心呵，要想到能在你的岗位上默坐，还算是幸运的。

我的几盏灯都被一阵阵的微风吹灭了，为想把它们重新点起，我屡屡地把其他的事情都忘却了。

这次我要聪明一点，把我的席子铺在地上，在暗中等候。什么时候你高兴，我的主，悄悄地走来坐下吧。

一〇〇

我跳进形象海洋的深处，希望能得到那无形象的完美的珍珠。

我不再以我的旧船去走遍海港，我乐于弄潮的日子早已过去了，现在我渴望死于不死之中。

我要拿起我的生命的弦琴，进入无底深渊旁

边，那座涌出无调的乐音的广厅。

我要调拨我的琴弦，和永恒的乐音合拍，当它呜咽出最后的声音时，就把我静默的琴儿放在静默的脚边。

一〇一

我这一生永远以诗歌来寻求你。它们领我从这门走到那门，我和它们一同摸索，寻求着，接触着我的世界。

我所学过的功课，都是诗歌教给我的。它们把捷径指示给我；它们把我心里地平线上的许多星辰，带到我的眼前。

它们整天带领我走向痛苦和快乐的神秘之国，最后，在我旅程终点的黄昏，它们要把我带到哪一座宫殿的门口呢？

一〇二

我在人前夸说我认识你。在我的作品中，他们看到了你的画像。他们走来问我："他是谁？"我不知道怎么回答。我说："真的，我说不出来。"他们斥责我，轻蔑地走开了。你却坐在那里微笑。

我把你的事迹编成不朽的诗歌。秘密从我心中涌出。他们走来问我："把所有的一切都告诉我们吧。"我不知道怎样回答。我说："呵，谁知道那是什么意思！"他们哂笑了，鄙夷之极地走开。你却坐在那里微笑。

一〇三

名师批注

诗人合十膜拜，是对神的敬仰。他祈求的是灵魂与生命都能一同回到初生时的地方，那是神灵创造新生的地方，是生命永恒的家。

在我向你合十膜拜之际，我的上帝，让我一切的感知都舒展在你的脚下，接触这个世界。

像七月的湿云，带着未落的雨点沉沉下垂，在我同你合十膜拜之际，让我的全副心灵在你的门前俯伏。

让我所有的诗歌，聚集成不同的调子，在我向你合十膜拜之际，成为一股洪流，倾注入静寂的大海。

像一群思乡的鹤鸟，日夜飞向它们的山巢，在我向你合十膜拜之际，让我全部的生命，启程回到它永久的家乡。

阅读延伸

同龄感悟

《泰戈尔诗选》读后感

《泰戈尔诗选》仿佛带领着读者走进了一个充满未知书香的后花园。这里面深藏着对生命的讴歌、对神灵的敬仰、对自由的渴望、对童真的赞美、对爱情的执着。

泰戈尔用细腻、温柔、饱满的笔触向我们歌唱着一个个动人的故事、或哲理、或诗章，里面蕴含着的美无以言说。动人的情感表达、流畅的文字、活泼的语调无不吸引着我们走向那个曼妙的花园，欣赏着处处为景的洋洋大观。

当然，泰戈尔描写了世间的美，也阐述了他所在的那个时代的丑。我们也跟随着他的情感进入到了那个充满着罪恶、丑陋的权力世界，跟随他一起义愤填膺。

泰戈尔留给我们的不仅仅是文学上的财富，更重要的是一份让所有人都感动的情怀！泰戈尔更是被誉为诞生在歌鸟之巢中的孩子，他的戏剧、小说、散文……都散发着浓郁的诗歌气息。

当我读完这本意义深远、情感真挚的诗歌选集后，萦绕在心头的动人情怀仍然消散不去。我也对生命、光阴、信仰等有了更为深刻的理解和感悟。

知识考题

1.《泰戈尔诗选》收录了____________、____________、____________、____________、____________这五部诗选的精华。

2. __________阐述了泰戈尔的世界观、人生观、进化论、宗教观点、哲学思想和艺术观，表达了他的志向抱负，抒发了他的喜怒哀乐，体现了他对贫苦大众的深切同情以及对印度妇女解放的期待。

3.《吉檀迦利》是一部宗教抒情诗，清新、自然的笔调，为神灵书写了一部动人的____________。

4. 泰戈尔于1913年获得_______________。1878年他赴英国留学，1880年回国专门从事文学活动。

5. 下面哪首诗不属于泰戈尔的作品？（　　）

A. 划手　　B. 告别　　C. 恶邮差　　D. 春水

6. 请你写出在这首诗中诗人表达的深刻哲理。

鸟儿愿为一朵云。

云儿愿为一只鸟。

____

____

7. 请你仔细品味这首诗中所蕴含的情感，然后写一篇读后感。

商　人

妈妈，让我们想象，你待在家里，我到异邦去旅行。

再想象，我的船已经装得满满的，在码头上等候启碇了。

现在，妈妈，你想一想再告诉我，回来的时候我要带些什么给你。

妈妈，你要一堆一堆的黄金吗？

在金河的两岸，田野里全是金色的稻实。

在林荫的路上，金色花也一朵一朵地落在地上。

我要为你把它们全都收拾起来，放在好几百个篮子里。

妈妈，你要秋天的雨点一般大的珍珠吗？

我要渡海到珍珠岛的岸上去。

那个地方，在清晨的曙光里，珠子在草地的野花上颤动，珠子落在绿草上，珠子被汹狂的海浪一大把一大把地撒在沙滩上。

我的哥哥呢，我要送他一对有翼的马，会在云端飞翔的。

爸爸呢，我要带一支有魔力的笔给他，他还没有感觉到，笔就写出字来了。

你呢，妈妈，我一定要把那个值七个王国的首饰箱和珠宝送给你。

参考答案

1.《吉檀迦利》　《新月集》　《园丁集》　《飞鸟集》　《采果集》

2.《采果集》

3. “生命之歌”

4. 诺贝尔文学奖

5. D

6. 略

7. 略

图书在版编目（CIP）数据

泰戈尔诗选：黑白版／新课程阅读研发中心编著.
—武汉：湖北教育出版社，2020.6
（大阅读. 教育部语文新课标 N+1 分级阅读）

ISBN 978-7-5351-9409-1
Ⅰ. ①泰…
Ⅱ. ①新…
Ⅲ. ①诗集－印度－现代
Ⅳ. ①I351.25

中国版本图书馆 CIP 数据核字（2014）第 118235 号

泰戈尔诗选

出 版 者　湖北教育出版社
邮政编码　430070　　　电　话 027 － 83619605
地　　址　武汉市雄楚大街 268 号
网　　址　http: //www.hbedup.com
经　　销　新 华 书 店
印　　刷　武汉中远印务有限公司
地　　址　武汉市黄陂区横店街货场路粮库院内
开　　本　710 mm × 1000 mm　　1/16
印　　张　14.25
版　　次　2020 年 6 月第 2 版
印　　次　2020 年 6 月第 1 次印刷
书　　号　ISBN 978-7-5351-9409-1
定　　价　26.00 元
如印刷、装订影响阅读，承印厂为你调换